Continuez sans moi

Jean-Michel Mestres

Pour Sacha Azoulay

Continuez sans moi

Quarante ans après,

Bonne lecture

jm mestres

la manufacture de livres

Si vous souhaitez recevoir notre catalogue
et être tenu informé de nos publications,
envoyez vos coordonnées en citant ce livre à :

La Manufacture de livres, 101 rue de Sèvres, 75006 Paris
ou
contact@lamanufacturedelivres.com

www.lamanufacturedelivres.com

ISBN 978-2-38553-083-9

À mes sœurs,
À mes enfants

Oublie ta question, car c'est quelque chose que tu ne sauras jamais.

Tristan et Isolde, Richard Wagner

On se raconte à soi-même des histoires pour pouvoir vivre.

Joan Didion, The White Album

1. Seul le marbre gris

Pourquoi me suis-je garé, ce jour-là, en face du cimetière Saint-Martin, 10 avenue Victor-Dalbiez à Perpignan. Même si c'était à la veille de la Toussaint, je me fichais de la date. Je n'en avais pas franchi les portes depuis des décennies. Je longeais en voiture le mur d'enceinte, j'ai vu une place libre. Il faisait beau. J'ai regardé ma montre. J'avais du temps à tuer.

Une minute plus tard, je passais le porche à pied. Jusqu'à ce jour, je n'évitais pas ce lieu, je passais même souvent devant en voiture. Il m'était indifférent. Je n'avais rien oublié de l'emplacement, au croisement de quatre allées, cerné par de vieux et trop rares cyprès, avec une croix plantée en son centre. Les seules ombres de ce cimetière minéral. Il suffisait de faire le tour de la placette pour apercevoir le caveau. Enfant, j'ai trop fréquenté ce lieu. Mon grand père nous y traînait une fois par semaine.

La tombe n'a pas changé. Elle porte les deux noms de famille de mes grands-parents maternels. Ils y sont enterrés tous les deux, ainsi que ma mère, morte en 1962, à trente-huit ans, son frère, décédé âgé, et le fils de celui-ci, plus jeune que moi d'un an, victime à dix-sept ans d'un accident de voiture. Rien de plus. Aucun prénom, pas de plaques ni d'épitaphe. Ni photographies ni couronnes.

À l'intérieur, une intruse porte un nom de famille différent. Ma sœur, plus âgée que moi de quatorze mois. Son cercueil est entré par effraction il y a quarante ans. Au dernier moment, mon père, pris de court par sa mort imprévue, a demandé à son beau-frère et à sa belle-sœur si la fille pouvait rejoindre la mère. Il a insisté : ce sera temporaire, vous comprenez, vu les circonstances, on n'a pas le temps de lui trouver une autre sépulture, cela ne durera pas, je vous l'assure. Son cercueil est toujours là, demeuré clandestin. Il ne subsiste aucune trace d'elle ailleurs. Elle a disparu, corps, âme, nom. Dernier domicile connu : 10, avenue Victor-Dalbiez, 66000 Perpignan.

Rien, il n'y a rien dans ce cimetière à quoi se raccrocher. Pas une fleur, aucun mystère, personne n'est passé ici depuis longtemps. Seul le marbre gris fatigué par le soleil.

2. J'ai désherbé les ronces au glyphosate

Florence Mestres
1955-1984

Si elle avait été ajoutée sur la tombe, cette inscription aurait-elle rendu les choses plus acceptables ?

Tout le monde l'appelait Flo. Flo pour Florence, capitale de la Toscane où elle aurait été conçue au mois de juillet 1954. Sa vie avait débuté sous les meilleurs auspices. Sa mort a commencé par poser une sérieuse question logistique. Ce jour de janvier, nous étions réunis au cimetière Saint-Martin, tombeau ouvert. Ce souvenir-là est intact. Ma tante (la belle-sœur de ma mère) s'inquiétait pour les suivants : « Si on prend Flo, où les mettrons-nous ? »

Dans ma tête, un air fait irruption : la *Supplique pour être enterré à la plage de Sète*.

Mon caveau de famille, hélas, n'est pas tout neuf
Vulgairement parlant, il est plein comme un œuf
Et d'ici que quelqu'un n'en sorte
Il risque de se faire tard et je ne peux
Dire à ces braves gens « poussez-vous donc un peu »
Place aux jeunes en quelque sorte

Chantonner du Brassens m'a allégé. J'ai gardé la référence pour moi et le silence.

Ma tante a proposé la solution : envisager des réductions pour libérer de la place. « Réduction » : je ne connaissais pas l'expression. Que réduit-on sous nos latitudes ? Pas les têtes, juste les cercueils, me rassura un proche. On transvase les restes dans des boîtes plus petites. C'est une tâche qu'on est soulagé de laisser aux professionnels. Rassure-toi, tu ne seras pas obligé d'assister au transfert. De toute façon, des corps il reste si peu.

Rien n'est moins sûr. Je viens de lire sur Internet que la décomposition des corps prend plus de temps qu'autrefois : la faute aux conservateurs alimentaires qui ralentissent la putréfaction. Ce sont les cercueils, bien sûr, qui encombrent ; ils sont plus résistants que leurs hôtes. Connaissant les habitudes de la famille, je les soupçonne d'avoir été fabriqués dans un bois de chêne taillé pour l'éternité. De quel bois était celui de Flo ?

Tout le monde était soulagé d'avoir trouvé un lieu où caser ce corps encombrant. Soulagé, façon de parler quand sa fille, sa petite-fille, sa sœur, sa nièce, sa cousine vient de se suicider à l'âge de vingt-huit ans.

L'un de nous aurait pu suggérer la pose d'une plaque temporaire à son nom. L'idée ne nous a même pas effleurés. Elle aurait gâché la sobriété du monument. Et puis, ce n'était pas le moment de compliquer les choses. Du côté de notre père – nous, ses enfants, sœurs et frère de la défunte, estimions lâchement que le destin du cercueil de sa fille relevait de sa seule compétence –, la solution proposée était commode et n'engageait pas de frais. On n'allait pas se torturer pour savoir comment en faire un lieu de mémoire que personne n'avait l'intention de fréquenter. D'ailleurs, depuis, mon soupçon s'est confirmé : aucun de nous, en dehors de ma tante paternelle, n'est venu s'y recueillir.

Mon père aurait pu profiter de la mort de Flo pour faire édifier, ici ou ailleurs, un caveau regroupant les cercueils de son épouse et de sa fille, inscrire leurs noms et prévoir de les rejoindre quand viendrait son heure. Mais il n'avait ni le temps ni la tête à ça. Et puis, les lieux de mémoire et de recueillement, le culte des morts, ce n'est pas le genre de la famille. La mort, on l'évacue, et vite. Mon père est enterré tout seul, à soixante kilomètres de là, plus haut dans la montagne.

Du reste de la journée, que j'ai vécu dans une sorte de coton chloroformé, je ne me souviens que de la soirée. Réunis dans la grande maison de mon oncle, nous avons pris la mesure de la sidération du reste de la famille : « Comment c'est possible ? », « Vous n'avez rien vu venir ? », « Mais comment a-t-elle pu ? », « Elle allait si mal que ça ? », « C'est incompréhensible ». Nous n'avons pas pu aller au-delà de vagues mimiques et de réponses balbutiantes.

Avant même la scène au cimetière, il y avait eu, quelques jours plus tôt, celle de la levée du corps à l'Institut médico-légal, quai de la Rappée, coincé entre la Seine et la ligne 5 du métro, une après-midi de janvier. Une formalité obligatoire en cas de suicide, histoire de refroidir encore les cœurs et d'en faire baver un peu plus. J'ai oublié qui était là et qui était absent. Après un passage dans une petite salle, devant un chariot recouvert d'un linceul, je revois Isa, ma petite sœur, KO debout à mes côtés, nous nous sommes alignés dans le froid, engoncés dans nos manteaux, même pas serrés les uns contre les autres, pour regarder la voiture des pompes funèbres prendre la route de Perpignan. Je me souviens d'une amie arrivée en retard et en courant. J'ai juste eu le temps de lui montrer le véhicule qui démarrait en retenant dans ma gorge : « Elle s'en va. » Elle s'en allait et personne n'a pu dire autre chose. Quelques embrassades, des mots d'incompréhension, des airs compassés, d'autres empreints de fatalisme. On ne s'est pas attardés. L'air glacial a fourni une excuse.

Enfin, de retour à Paris, quelqu'un, j'ai oublié qui, a cru bon d'organiser une messe pour permettre à ceux qui n'avaient pas fait le déplacement à Perpignan de se recueillir. Drôle d'expression pour nous qui étions en morceaux et fausse bonne idée. Le prêtre ne connaissait pas Flo. Elle avait quitté depuis longtemps les rivages du catholicisme, et il ne prit pas la peine de demander si des témoins voulaient s'exprimer – mais qui aurait osé prendre la parole ? À défaut, il aurait pu s'en tenir à un registre sensible, humain, à des textes auxquels personne n'aurait rien compris. Nous passer une cantate de Bach. Ou lire du Sénèque, même si cela ne se fait pas dans une église. Quelque chose qui eût apporté un peu de sagesse ou de lumière, qui aurait donné à chacun l'illusion d'échapper à sa condition. Non, le représentant du clergé nous avait accablés de sa morale de vivant.

Adieux expédiés. La priorité était d'en finir. Comment dire au revoir à quelqu'un qui a choisi de partir ? La parole n'est pas venue. Elle ne sortira plus. Même le souvenir de Flo s'est fait la malle. Nous nous sommes tus pour toujours. Ensuite, c'était trop tard. L'occasion était passée. La vie reprit son cours. On a remis le couvercle sur le chaudron et refermé la pierre tombale.

Que peuvent faire ensuite les survivants en dehors de vivre comme ils peuvent, d'évacuer la suicidée ou de l'enfouir dans les tréfonds. Il est des morts dont on ne peut se passer, qu'on pleure ou qu'on chérit, vers lesquels on aime revenir, qu'on garde en soi. Pas elle. Je parle pour moi. Je n'ai pas pu. Je ne l'ai pas chassée. C'est elle qui a tourné les talons.

Chacun ses résolutions. Quand je lui apprends le travail d'écriture dans lequel je me lance, ma marraine évoque le bouleversement qu'a entraîné la mort de Flo, sa nièce. Elle me raconte qu'elle s'est fait une promesse dans les jours qui ont suivi : ne plus jamais danser. Son renoncement résonne en moi. En 1984, elle vient d'avoir soixante ans. Elle est encore pleine d'énergie. Je ne l'ai jamais vue danser, en dehors de la fête de village à Thuès-entre-Valls. J'ignore beaucoup de sa vie intime. J'entends à son ton la force de son engagement. Elle n'ira plus au bal.

L'été venu, nous sommes partis en Indonésie avec Hamama, ma compagne, et des amis. J'en suis revenu avec une forme d'hépatite inconnue. Ni la A, ni la B, on évoquait à l'époque la « non-A non-B ». Mais ce n'était pas la C – j'ai fait depuis des examens pour en être sûr. La mort de Flo avait pris la forme d'un violent uppercut au foie qui avait fait exploser mes transaminases.

La seule réduction dont j'ai eu connaissance depuis est celle de ma mémoire. J'ai presque tout oublié, jusqu'au son de sa voix, son sourire et la plupart des moments que nous avons partagés. Ce n'est pas l'effet du temps. J'ai tout fait pour la faire disparaître. Je ne voulais plus en entendre parler. J'ai passé un pacte avec moi-même : tu ne te laisseras pas pourrir ta vie avec ça. C'était son choix, c'était sa vie.

J'ai désherbé les ronces au glyphosate.

Ce que mes sœurs conservent, elles le gardent pour elles. J'ignore si nos rares souvenirs coïncident. Nous n'en avons jamais reparlé. Quant à mon père, il a tu ses questions, s'il a pu se les formuler. Jusqu'à sa mort, vingt et un ans plus tard, il n'a jamais évoqué Flo, se contentant parfois d'un haussement d'épaules dont lui seul connaissait le sens, d'un mouvement de la tête, d'un pincement de lèvres, d'un regard vers le ciel, de larmes contenues au bord des paupières. Les paroles ne sortaient jamais – je doute qu'il s'agissait de mots, vraisemblablement plus des borborygmes tant son esprit, face à cette violence, était incapable de finir une phrase ni même de la concevoir.

Aucun d'entre nous n'a posé sur sa cheminée ou accroché au-dessus de son bureau un portrait de Flo. Seule ma marraine a placé sa dernière photo devant les livres de sa bibliothèque.

Je n'ai plus jamais abordé le sujet avec ceux de mes amis qui la connaissaient. Certains étaient présents à la morgue. Personne ne m'a interrogé. Je n'ai jamais revu ceux de Flo. Sauf un jour, dans un cadre professionnel, j'ai croisé Philippe dont elle avait été amoureuse et qui en avait préféré une autre. Nous sommes restés assis au moins une demi-heure côte à côte, à une table ronde, lors d'une conférence de presse. Je l'observais d'un œil, j'ai fait comme si je ne le reconnaissais pas. Lui ne m'a même pas regardé. Peut-être était-il aussi embarrassé que moi. À la fin, j'ai eu envie de lui dire quelques mots. Je me suis retourné : il était parti. J'étais soulagé.

Aux amis que je me suis faits par la suite, j'ai tu son existence. Quand on m'interroge sur ma famille, je réponds : j'ai trois sœurs. Je ne compte plus Flo. À mes enfants, j'ai dit le minimum.

Plus le temps passe, plus c'est difficile de convoquer le moindre souvenir. Le désherbant a fait son effet. J'ai fini par croire que j'étais amnésique. Pas de tout, seulement d'elle. J'ai oublié jusqu'à mon amnésie. Flo a perdu toute consistance, comme si elle n'avait jamais existé. Quarante ans, quarante ans déjà qu'elle n'est plus. J'imagine que le délai de décence est expiré. C'est sans doute pour cette raison que je me suis garé, ce jour de Toussaint, devant l'enceinte du cimetière Saint-Martin.

Le silence qui entoure le nom de Flo est tellement confortable. D'où me vient alors ce besoin d'écrire ? C'est maintenant ou jamais, et cette tâche m'incombe : en dehors de ces évidences, mes motivations sont confuses. Ai-je une dette envers elle ? Avec l'inconscient, on ne sait jamais. Au-delà de cette injonction invisible, la seule raison qui vaille tient à la nécessité. Cela ressemble à une tautologie : j'écris parce que j'ai besoin d'écrire. Je n'ai pas mieux comme explication. L'écriture pour m'aider à retrouver un peu d'elle, que je ne sais exprimer autrement. Ce quelque chose n'a pas grand-chose à voir avec la vérité, si tant est que celle-ci existe. C'est juste un peu la mienne que je cherche, dans une tentative ultime de sauvegarder par écrit ce qui me reste de Flo avec ce que la mémoire comporte d'errances, d'oublis et d'erreurs.

3. Soit, n'y pensons plus, dit-elle

Pourquoi, si longtemps après, ai-je attrapé sans réfléchir ce disque-là sur l'étagère ? Pourquoi l'ai-je posé sans attendre sur la platine ?

La voix s'échappe d'une enceinte. Elle vient de loin.

Je ne songeais pas à Rose
Rose au bois vint avec moi
Nous parlions de quelque chose
Mais je ne sais plus de quoi

Passés les premiers scratchs, je retrouve le grain de cette voix, intact comme au premier jour. Rien n'a changé. Je soulève le bras pour ôter la poussière du vinyle et de la pointe avant de reposer la tête de lecture au début de la chanson. Je ferme les yeux pour l'écouter, cette voix. Celle de Julos Beaucarne, chanteur wallon au pull informe et bariolé que Flo m'avait fait découvrir. J'écoutais les Pink Floyd à l'époque.

J'étais froid comme les marbres,
Je marchais à pas distraits,
Je parlais des fleurs, des arbres,
Son œil semblait dire : Après ?

Flo la connaissait par cœur. Le disque est à elle. L'enregistrement date de 1969. Elle a découvert cette chanson plus tard. Un détail m'avait échappé : le texte est de Victor Hugo. Ce poème est tiré des *Contemplations* et s'intitule originellement « Vieille chanson du jeune temps ».

La rosée offrait ses perles,
Le taillis ses parasols,
J'allais, j'écoutais les merles,
Et Rose, les rossignols.

Aucun ampli, pas de riff de guitare ni de voix cassée, aucun slogan politique, pas la moindre trace d'une *protest song*. Les années 70 n'étaient pas toutes coulées dans le seul moule de la révolte, du désespoir et du désir violent d'un autre monde. Elles pouvaient aussi être tissées de douceurs colorées, de rêveries pacifistes et de quêtes d'amour. Il y avait place pour la voix tranquille d'un conteur même s'il racontait joliment une occasion perdue.

Moi, seize ans et l'air morose
Elle vingt, ses yeux brillaient
Les rossignols chantaient Rose
Et les merles me sifflaient.

Écoutait-elle les paroles ou se laissait-elle bercer par la mélodie ? Pour moi, le climat était suffisant. Je préférais la musique et la voix aux textes.

Rose, droite sur ses hanches,
Leva son beau bras tremblant
Pour prendre une mûre aux branches,
Je ne vis pas son bras blanc.

Flo a claqué la porte pour de bon, une dizaine d'années après avoir découvert la chanson de Beaucarne.

Une eau courait, fraîche et creuse
Sur les mousses de velours,
Et la nature amoureuse
Dormait dans les grands bois sourds.

Elle n'avait pas vingt-neuf ans. Elle en aurait soixante-neuf aujourd'hui.

Rose défit sa chaussure
Et mit d'un air ingénu
Son petit pied dans l'eau pure
Je ne vis pas son pied nu.

C'est son choix à elle, sa décision. Elle ne nous a pas demandé notre avis. La violence de sa mort m'a mis en colère et m'a privé de chagrin.

Je ne savais que lui dire,
Je la suivais dans le bois
La voyant parfois sourire
Et soupirer quelquefois.

Son départ marque la fin d'une histoire. Elle me paraît rétrospectivement écrite d'avance. « Tout ce qui m'était à venir m'est avenu », chante Léo Ferré dans *La Complainte de Rutebeuf*, sur ce vieux microsillon qu'on écoutait devant le crépitement du feu avec mes sœurs et mon père, bien des années avant Beaucarne. La nausée et le fatalisme ont cédé la place à l'envie d'autre chose.

Je ne vis qu'elle était belle
Qu'en sortant des grands bois sourds
– Soit, n'y pensons plus ! dit-elle
Depuis, j'y pense toujours.

Une occasion perdue, est-ce pour cela qu'elle aimait cette chanson ? Cette perche que l'on ne saisit pas, cette petite ouverture dans laquelle on ne s'engouffre pas, ce premier pas que l'on n'ose faire de peur de prendre une claque, cette invitation que l'on refuse pour des raisons que l'on ne comprend pas soi-même. Je ne possède pas la liste de ses occasions perdues.

Je viens de découvrir la version de José van Dam, belge lui aussi. Sa voix est tellement puissante qu'il est obligé de la contenir pour garder le ton délicat de la chanson. Ses efforts pour adapter sa voix de baryton-basse à ce poème m'émeuvent. Mais je préfère l'interprétation de Beaucarne : elle coule de source. Il a fait tellement siens ces vers qu'on dirait qu'il les a lui-même écrits.

Toutes ces années, cette *Vieille chanson du jeune temps* était à portée de mes oreilles. Il suffisait d'attraper la pochette du disque. Je l'avais sous la main et je ne la regardais même pas.

4. *I will ease your mind*

Des traces minuscules, de toutes petites herbes, de rares fleurs des champs ont résisté au désherbant. Il fallait un œil avisé pour les repérer. Et quand elles croisaient mon regard, je détournais les yeux. Aujourd'hui encore, tout est flou dans ce jardin dévasté, les affects, les dialogues, les réparties, les scènes, leur ordre, les dates, surtout les dates, la chronologie, tout est enveloppé dans la brume du passé.

Depuis trente-neuf ans, je refusais d'y pénétrer. La question ne se posait pas. Ce qui était dans le brouillard ancien resterait dans le brouillard. Ce n'était même pas un sujet tabou ; il était sans objet. J'avais survécu au tremblement de terre, je m'étais extirpé des ruines. Je n'avais aucun désir de revisiter ce territoire désolé. Je m'étais fabriqué une croyance : ma vie dépend de ce silence. Je n'avais aucune envie de revenir vers ces années mornes, encore moins d'élucider le mystère d'une telle disparition. Son renoncement lui appartenait. Je refusais de porter sa croix.

Enfant, je voulais devenir archéologue, découvrir des cités enfouies, des ruines cachées, fouiller le sol à la recherche de traces d'une civilisation disparue, creuser, extirper, nettoyer, mettre à jour. Les récits sur Schliemann, découvreur de Troie, ou ceux sur le palais de Cnossos, le site du Machu Picchu, les tombeaux des pharaons ou les sites mayas me faisaient rêver. Ce désir m'a poursuivi quelques années avant de s'effacer.

Me voilà en train d'accomplir ma tâche, à retardement, penché sur les seules couches de ma mémoire. Il n'existe pas de spatules, de truelles, d'aspirateurs ou de houes pour dénicher les traces que le passé dépose au plus profond de nous. Les souvenirs nous trompent, parfois même ils nous racontent des histoires, ils nous mentent. L'archéologie mentale n'est pas une branche de l'Histoire. La fin de la vie de Flo occulte le reste, le déforme, le rend opaque. Elle oblige à lire toute son histoire dans la pénombre. J'aimerais rallumer la lumière.

Nous avons été une poignée à ne pas tomber des nues. Maric, ma sœur aînée, Guy, son mari, et moi étions trop proches de Flo pour ne pas redouter la tornade. Flo avait fait une première tentative. Pour la protéger, Maric et Guy s'étaient occupés en silence du passage au centre antipoison jusqu'au retour à son domicile. Ils m'en avaient informé après. Je l'avais alors mise en relation avec le père d'un ami, médecin.

J'ignore ce que ses amis à elle savaient, ce qu'ils supposaient ou craignaient. J'ignore quelle était en 1983 l'intensité de leurs relations. Tout le monde se persuadait sans doute que le pire n'est jamais sûr. La plupart de nos vies reposent sur cette croyance.

Elle n'enlevait son masque de composition qu'une fois en sécurité. Comme si nous étions les seuls capables d'écouter sa plainte, à défaut de la soulager. Aux autres, elle dissimulait son mal-être derrière une fatigue, une déprime hivernale, un brin de solitude, une lassitude. Elle se retenait. Qui trompait-elle ?

– Ça va ?

– Oui. Enfin, non, pas trop.

– Qu'est-ce que tu as ?

La question fermait le débat. Sa mimique répondait à sa place : « Tu es sûr que tu veux savoir ? »

Elle n'attendait plus grand-chose. Une écoute, un accueil, un réconfort, et encore. Elle était tellement loin de nous. Elle savait qu'on ne la comprendrait pas. Elle ne voulait compter que sur ses propres forces. Elle nous demandait, à nous qui la côtoyions le plus, de nous taire, de ne pas inquiéter notre père et le reste de la famille. Personne n'est obligé de respecter une telle injonction. Pourtant, nous l'écoutions, je l'écoutais, nous respections sa parole. Nous nous rangions de son côté. Nous refusions de l'enfermer dans le rôle de la femme qui pleure. Peut-être, je ne parle que de moi, étais-je aussi un peu lâche.

Le pire n'est jamais sûr. C'est ainsi que naissent l'incompréhension et le silence. Certains ne savaient plus la regarder. Non qu'elle fût effrayante ou repoussante, loin de là. Mais ils avaient peut-être ressenti l'imperceptible craquement du sol sous ses pieds.

Quand nous discutions avec elle, nos propos ricochaient comme sur l'eau d'un lac. Elle avait toujours une objection à opposer. Elle avait ses raisons qu'elle ne donnait pas. Elle se croyait plus forte que la vague. Elle cherchait la solution comme on s'efforce de résoudre seul une équation impossible.

Il y a quelques mois, lors d'un trajet en voiture, une vieille amie de la famille m'a parlé du suicide récent de sa propre sœur, à un âge avancé. Elle était très malade, son mari était décédé peu de temps avant, elle avait préféré se donner la mort pour abréger une fin de vie trop difficile.

– C'est un peu comme ta sœur, m'a-t-elle dit en se tournant vers moi.

Après un silence, elle a ajouté :

– Elle aussi était malade.

Une fois passée la surprise de l'irruption de Flo dans une conversation contemporaine, je me suis rendu compte que l'expression m'avait piqué.

– Quel rapport ? Elle n'était pas malade, qu'est-ce que tu racontes.

– Ah bon, pas malade, qu'est-ce qu'il te faut !

Je n'ai pas insisté. J'étais assis à l'arrière de la voiture. Le bruit du moteur couvrait mes marmonnements. Sa formule sonnait comme une injonction à sortir du déni. Je n'avais pas envie de me lancer dans une querelle sémantique. Qu'ont en commun le suicide d'une personne âgée qui veut s'éviter de trop souffrir et alléger ses proches et celui d'une jeune femme qui n'arrive pas à vivre malgré son désir.

Pendant que son mari conduisait en silence, cette amie a insisté :

– Bien sûr qu'elle était malade, il fallait être aveugle pour ne pas s'en rendre compte.

Je manquais d'arguments. Je ne me rappelais pas en avoir jamais discuté avec elle. Elle aurait pu admettre qu'elle ne savait pas tout, ce qui était exact, et qu'il y a de grandes zones d'ombres dans un suicide, mystère insondable s'il en est. Et pourtant, avec près de quarante ans d'écart, elle me délivrait son diagnostic : « Ta sœur souffrait d'une maladie mentale. » Elle n'a jamais prononcé ces mots, mais je les ai entendus. Personne ne m'avait jamais parlé de Flo de la sorte.

Mon père répétait « Mais qu'est-ce qu'elle a ? » sans attendre de réponse. La conscience que j'avais de sa souffrance ne m'a pas rendu plus efficace.

Pourquoi n'était-elle pas mieux suivie ? Elle vit des médecins et essaya des molécules, j'ai oublié lesquelles. À vingt-neuf ans, elle était intelligente, ouverte, cultivée. Elle avait accès à l'information. Flo se disait féministe. Elle l'était à fleur de peau, en solo. Sa bibliothèque était garnie de récits de femmes. Elle aurait dû militer, intégrer un collectif, sortir de sa tanière.

Parmi les livres récupérés dans sa bibliothèque, je viens de retrouver un ouvrage intitulé :

Les analysés parlent, publié en mars 1977 chez Stock. Un ensemble de témoignages recueillis par une sociologue, Dominique Frischer. Sa présence en dit long sur les questions de Flo sur la psychanalyse. Point commun à tous ces analysés anonymes : ils avaient été marqués par l'après-Mai 68 et l'effondrement des idéologies révolutionnaires. L'auteur les soumettait à un questionnaire poussé – une démarche nouvelle. L'ensemble dessine un portrait assez critique du rapport de l'analysé à son analyse qui a dû conforter Flo dans son refus. Dans l'introduction je lis : « le principal motif à se tourner vers elle (la psychanalyse) demeure la souffrance – le mal de vivre, la maladresse à vivre, le "être mal dans sa peau". » Dominique Fischer se fait l'interprète des analysés écoutés. L'angoisse en est la forme la plus courante : « Elle paralyse, empêche de vivre, se loge dans le cœur, la gorge, dans le corps tout entier [...]. L'angoisse rend la solitude atroce, les relations avec les autres impossibles ou compliquées, tout passage à l'action insurmontable. »

Nous en avons souvent discuté tous les deux. Elle savait que le bon sens, les qualités humaines et les compétences d'un bon généraliste, aussi bienveillant soit-il, ne suffisaient pas. Elle refusait d'aller plus loin. Elle avait vu un psychologue – une spécialité pour le moins floue et peu engageante – et elle avait vite eu la confirmation de ce qu'elle redoutait.

– Je vais arrêter. Ça ne sert à rien. Il me pose des questions sans intérêt.

Avec le recul, je ne peux donner tort à cette amie. Si la dépression, la mélancolie, le mal-être, je ne sais comment qualifier la souffrance de Flo, et je me garderais bien d'essayer, sont des maladies, elle était malade. Elle aurait dû consulter un psychanalyste, un psychiatre, un psychothérapeute, un médecin auprès de qui elle aurait pu déposer sa souffrance et obtenir un antidépresseur, un anxiolytique, de quoi l'aider à vivre, en attendant.

Elle jugeait la démarche improductive, voire inutile. Elle pouvait s'en sortir seule. Il suffisait de trouver l'amour qui lui réinsuffle la vie. Elle savait ce qu'elle voulait. Flo s'est accrochée à cette idée. Qu'est-ce qui l'a empêchée d'en essayer plusieurs, je ne parle pas d'un amoureux mais d'un thérapeute. La crainte de soulever le couvercle, de plonger dans le chaudron, d'avoir à remuer la glaise collante de l'enfance ? Les mots lui faisaient-ils peur ? Craignait-elle le diagnostic ?

Le désespoir est-il une maladie ? Je pose la question quarante ans après. Je n'employais pas ce mot à l'époque. Même celui de dépression était inconnu dans la famille au milieu des années 70. Quant à celui de maladie mentale, il renvoyait au monde lointain de l'hôpital psychiatrique, des blouses blanches et des électrochocs.

Rien que d'entendre ce mot, je vois des scènes du film de Samuel Fuller, *Shock Corridor*, que nous avions découvert ensemble, Flo et moi : l'histoire d'un journaliste qui se fait interner pour ramener un bon papier sur l'asile et tombe dans l'enfer. Ou d'autres, tirées de *Voyage au-dessus d'un nid de coucou* de Milos Forman, dans lequel Jack Nicholson se fait passer pour fou afin d'échapper à la police. Pour dénoncer le traitement sadique réservé aux internés, ces deux films ne faisaient pas dans la nuance.

Un autre film nous a davantage touchés et impressionnés, Flo et moi : *Family Life*. C'est l'un des tout premiers Ken Loach – il est même signé Kenneth Loach. Il date de 1971. Nous l'avons vu dès sa sortie, au cinéma Saint-Lazare Pasquier. Flo a seize ans et moi quinze quand nous plongeons dans cet enfer familial et psychiatrique. Je viens de le revoir. Je me le rappelais comme un film fort et lugubre. Je ne suis pas déçu.

Je comprends que Flo ait été bouleversée par l'histoire de Janice dont la mère ne désire qu'une chose : que sa fille respecte la norme des comportements et la place réservée aux jeunes femmes, qu'elle arrête de fréquenter ce mauvais garçon avec qui elle sort, qu'elle en trouve un bien, comme elle-même l'a fait en son temps, on n'est pas là pour sortir du cadre mais pour le respecter, qu'elle l'épouse vite, qu'elle devienne mère à son tour, qu'elle cesse d'avoir des désirs absurdes. Devant de telles injonctions, Janice ne se rebelle pas, elle se recroqueville, se replie sur elle-même. Le conflit s'enflamme. Ses parents médicalisent ses difficultés, l'enferment dans le rôle de la mauvaise fille avant de la faire enfermer pour de bon. Le film est traversé par un autre conflit qui passionne Flo : celui opposant de nouvelles formes de psychiatrie aux méthodes traditionnelles de l'asile, qui finissent par l'emporter.

Nous retrouvons l'air libre en sortant du cinéma. Flo ne s'épanche pas, en dehors de l'empathie qu'elle exprime envers Janice. *Family Life* m'effraie davantage. Je m'interroge : ça peut donc aller jusque-là, la vie de famille, au point de rendre dingue ?

Flo ne ressemble pas à Janice. Nous sommes lycéens. Elle poursuit une bonne scolarité. Elle est bien vivante, elle a des projets. Plus tard, même quand elle ira plus mal, elle se tiendra debout, nouera des relations, passera ses examens, réussira ses diplômes, elle voyagera, s'achètera un appartement, trouvera du travail, d'abord à l'ANPE comme chargée de relations avec les entreprises, puis à la préfecture d'Île-de-France, comme chargée de développement économique. Elle sera indépendante, elle s'assumera seule. Non, foutaises. Tu n'es pas folle. Tu cherchais seulement le bonheur. Mais avec le recul, je donne raison à cette amie : Flo avait besoin d'être accompagnée.

Elle n'avait droit qu'à de la compassion inquiète ou à des formules qui renvoyaient son état à une affaire de volonté : « Secoue-toi », « Oublie le passé », « Bon sang, mais profite de la vie », quand ce n'était pas « Serre les dents », « Accroche-toi ». Ou bien, « Ça va aller, hein ? ». Des expressions qui rassurent ceux qui les prononcent. Ai-je été à la hauteur ?

Je repense à cette chanson de Simon et Garfunkel que nous écoutions en boucle, à la sortie de leur dernier 33 tours : *Bridge over Troubled Water.*

When you're weary
Feeling small
When tears are in your eyes
I will dry them all
I'm on your side
When times get rough
And friends just can't be found

Like a bridge over troubled water
I will lay me down

Je ne me souviens que de l'avant-dernier vers de cette strophe qui a donné son titre à la chanson et à l'album : « Comme un pont au-dessus d'une eau agitée ».

Je ne comprenais pas bien le sens de la chanson, ou je l'ai oublié. Je ne lisais pas les textes. Je me laissais prendre par la beauté de la mélodie et de l'accompagnement au piano, et de l'orchestration qui s'insinue, je ressentais la tristesse émanant des voix de Paul Simon et Art Garfunkel. Le climat me suffisait ainsi que les bribes des paroles que je réussissais à attraper au vol.

Je découvre la traduction complète.

Lorsque tu seras las
Triste
Lorsque les larmes viendront à tes yeux
Je les sécherai toutes
Je serai près de toi

Quand les heures deviendront rudes
Et que les amis demeureront simplement introuvables
Tel un pont au-dessus d'une eau agitée
Je m'allongerai

La chanson date de 1969. Elle a quatorze ans, et moi treize. À quel âge l'avons-nous écoutée pour la première fois ? Je revois sur la pochette de l'album la photo de Paul Simon, le plus petit, devant Art Garfunkel. Je cherche à en savoir plus sur cette chanson, sur ses protagonistes, avant de renoncer. Je me fiche du contexte. Ce sont leurs voix qui me portent vers Flo.

Sail on silver girl
Sail on by
Your time has come to shine
All your dreams are on their way
See how they shine
Oh, if you need a friend
I'm sailing right behind
Like a bridge over troubled water
I will ease your mind

Vogue fille d'argent
Poursuis ton chemin
Le temps est venu pour toi de briller
Tous tes rêves sont en route
Regarde comme ils brillent, oh
Si tu as besoin d'un ami,
Je navigue juste derrière
Comme un pont enjambant une eau agitée
Je t'apaiserai

Simon et Garfunkel te parlaient à l'oreille, Flo. Non, tu ne t'en sortiras pas seule, te murmuraient-ils. Un ami est là, derrière toi. Ne renonce pas à tes rêves. Toutes les chansons que tu aimais étaient poignantes. Qui aurait pu t'apaiser ?

5. Qu'en saurons-nous un jour ?

L'essentiel a été jeté. La dispersion devait nous aider à vivre. J'ai gardé ses livres, ses disques, quelques tasses à café. Les tasses, témoins du style Habitat des années 80, ne sont pas envahissantes. Par principe, les livres et les disques, sauf exception, je ne m'en défais pas. Je ne pensais pas qu'ils me seraient utiles, bien plus tard, que je les verrais même comme des petits cailloux blancs déposés sur mon chemin. Tous ces objets occupent aujourd'hui des étagères dans la maison des Pyrénées orientales.

Les objets, pas seulement ceux-là, soutiennent la mémoire, surtout quand elle est en mille morceaux. Il suffit parfois d'un fragment, d'un seul, ou même de son image pour retrouver une vue d'ensemble, la forme, l'usage, la part affective qu'ils trimballent. Je m'en rends compte en visitant, en janvier 2023, l'exposition Les Choses, au Louvre. L'accrochage fait dialoguer des expressions artistiques d'époques et de genres multiples autour de natures mortes que je trouve bien vivantes. Je tombe sur une peinture d'Anne Vallayer-Coster, peintre de la fin du XVIIIe siècle dont je n'avais jamais entendu parler. La toile s'appelle *Panaches de mer, lithophytes et coquilles*. Elle date de 1769. Le cartel m'apprend que la jeune Anne Vallayer-Coster venait d'être reçue par l'Académie royale de peinture et de sculpture quand elle a réuni ces coquillages, éponges, coraux et panaches de mer pour les mettre sur sa toile.

L'un de ces coquillages, une grosse conque qui vire du rose au blanc au fur et à mesure que le regard pénètre à l'intérieur, réveille en moi sa lointaine parente qui trônait au XXe siècle dans la vitrine du salon où mon père déposait des souvenirs de voyage. J'avais oublié l'existence de cette conque. Je la retrouve intacte sur ce tableau, déposée au pinceau deux cent cinquante ans plus tôt.

Je découvre que c'est le plus vieux des instruments à vent, mais nous nous en servions autrement quand nous étions enfants. Flo et moi prenions la conque à tour de rôle dans nos mains. L'intérieur était poli comme un marbre. Le pavillon ressemblait à une trompette déformée ou à un tuba ovale. Nous la collions à notre oreille pour écouter la mer.

À quelques centimètres de la conque se tenait un poisson-hérisson, fiché sur un socle en bois. Un jour, notre mère vivait encore, Flo, petite fille touche-à-tout, avait voulu l'attraper et elle avait rompu son équilibre précaire. Il était tombé sur sa tête. Des piquants s'étaient enfoncés dans son cuir chevelu. Il fallut tout le soin et la patience d'une mère, à l'aide d'une pince à épiler, pour enlever les échardes, plus grandes que celle d'un oursin. Elle n'avait pas pleuré. J'étais trop petit pour me le rappeler. On me l'a raconté. C'est cette version que je retiens de l'histoire.

Le jour où nous avons vidé l'appartement de Flo, Maric a tendu vers nous une feuille, le mot très court écrit avant de passer à l'acte, en tranchant sur son sort : « Ça, c'est poubelle, on est d'accord. » Verdict sans appel. Ce n'était pas le moment de lancer un débat. Cela arrangeait tout le monde. « Mourir sera un soulagement. »

Mais dans le secret de mes papiers, j'ai retrouvé une longue lettre que Flo m'a écrite quelques années plus tôt. Ce texte était dans ma maison du Sud, rangé dans un cahier. Je n'en avais pas oublié l'existence, même si je ne l'avais pas sortie depuis très longtemps. Je n'ai pas eu à la chercher. Je savais exactement où elle était. Je l'avais conservée par réflexe, comme l'aurait fait un archiviste pour le jour lointain, le plus lointain possible, où j'en aurais peut-être besoin. Jeter sa lettre, c'était faire disparaître la dernière trace manuscrite de Flo ; la conserver, une précaution pour se garder la possibilité de se souvenir, à condition qu'elle reste à l'abri des regards. Qui aurait eu envie de la lire ? Qui en éprouve le besoin aujourd'hui ?

Ces feuilles sont posées devant moi, sur mon bureau. Je suis le seul à les avoir lues. Elles ne sont pas datées. D'après les faits qu'elles évoquent (la fin de ses études), je déduis que Flo les a écrites au printemps 1980. Elle a vingt-cinq ans, et moi vingt-quatre. J'en ai presque soixante-sept.

Flo finit son cursus d'économie à Nanterre. Elle a peur d'arrêter la fac et de perdre le contact quotidien avec ses amis. Je partage ma vie avec Hamama, à Montmartre. D'après ses dires, je comprends qu'elle n'a pas encore son appartement des Épinettes. Elle vit seule pour quelques semaines ou quelques mois dans le grand appartement familial qu'elle ne supporte plus. Une page va se tourner pour elle aussi. Elle redoute le changement. Elle parle d'un projet de voyage en Suisse, avec des amis j'imagine, sans doute aux sports d'hiver, elle craint d'y aller et appréhende de rester seule à Paris. Elle traîne son ennui, me dit-elle.

Elle m'adresse ces pages, puis elle y ajoute un mot d'introduction qui commence par « Jean-Mi ». Elle m'a envoyé le tout, ou elle me l'a donné de la main à la main, je ne m'en souviens plus. Ces pages sont mal écrites, au stylo bille, elles comportent des fautes d'orthographe inhabituelles, leur calligraphie n'a rien de soigné, elle est cabossée, ce sont des phrases jetées sur le papier, pas relues, des mots sans filtre. Elle me « souhaite du courage pour lire ce torchon ».

Flo se livre à moi dans un format inhabituel : six pages 21 × 29,7 recto verso. Elle a besoin de me parler : « Vraiment, cela m'agace de te casser les pieds avec mes histoires mais je suis à bout. Je ne sais que faire. La dernière solution, c'est de l'écrire puisque je ne peux plus parler. » Elle est désespérée et s'accroche à un mince espoir. Elle a peur de devenir folle et crie qu'elle ne l'est pas. En reformulant certains mots, j'aimerais les adoucir comme pour la protéger.

Elle dit : « Si j'ai du mal à m'en sortir, je crois que c'est parce que j'ai beaucoup de choses refoulées en moi. Je ne veux pas dire que j'ai été traumatisée ni rejeter la faute sur les autres. Mais si je veux pouvoir m'en sortir, il faut que j'y voie plus clair. »

Une page plus loin, elle dit : « Si je t'en parle à toi, c'est que mon passé (que tu as en partie de commun avec moi) m'a vraiment marquée et je crois que si je n'arrive pas à m'en débarrasser, je ne pourrai pas m'en sortir. »

Elle dit encore : « Tout ou presque sonne faux autour de moi. Tu sais, en ce moment j'ai vraiment l'impression de traverser une mauvaise période mais je me rends compte que je suis mieux que je n'ai jamais été, [j'ajoute les ponctuations et je corrige l'orthographe] ; avant, c'était pire, je n'avais pas vraiment confiance en moi, je méprisais tout ce que je pouvais être depuis quelque temps, cela va mieux et je crois que je le dois en partie à la fac, aux gens que j'ai pu rencontrer, à mes camarades, c'est certainement pour cela que je ne veux pas partir de la fac tout de suite (je suis peut-être tombée dans un piège car à part la fac, c'est un peu le vide autour de moi et pourtant la fac et les rapports qu'on peut avoir ne sont pas toujours satisfaisants). »

Elle dit aussi : « Je commence à en avoir assez de parler à un papier qui ne répond jamais. Je ne t'ai pas écrit pensant que tu m'apporterais une aide, je ne pense pas que l'on puisse m'aider. »

Elle dit enfin : « Je veux seulement vivre et pas survivre. »

J'aurais pu prendre le temps de lui répondre ce que je ressentais, ce que je comprenais de sa lettre, ce qui m'étonnait, ce qui me faisait peur, peut-être aussi ce qui me rapprochait d'elle. J'aurais pu mais n'ai eu ni le courage, ni la force, ni le recul. Je me sentais impuissant, je ne savais que dire. Je lui ai conseillé d'aller déposer ce qu'elle venait de m'écrire dans le cabinet d'un psy. Comme elle préférait ne pas, je n'allais pas l'y emmener de force, encore moins alerter SOS Psychiatrie : elle se serait fâchée pour de bon. Je ne voulais pas rompre la confiance. Je ne supportais pas de la voir dans cet état. Je ne la supportais plus. Je voulais m'émanciper de cette histoire et Flo m'y ramenait de force.

Je voulais garder le fil avec elle, aussi ténu fût-il. Je crains de l'avoir perdu. Peut-être est-ce pour lui répondre qu'à presque quarante ans de distance, je me mets à écrire.

Dans sa lettre, elle ne me raconte pas tout – c'est elle qui le dit. Je la comprends ; moi non plus, je ne dis pas tout. Elle évoque sa fatigue et ajoute : « il y a des choses plus dures que tout ça à dire ». J'ignore à quoi elle fait allusion. C'est trop tard pour avoir envie de les connaître.

Je n'en peux plus de cette lettre. Elle et son autrice me faisaient peur. Flo me demandait de ne pas la montrer. J'aurais dû la jeter puisque je n'en faisais rien. Ce n'est pas dans ce qu'elle appelle « un torchon » que je vais retrouver celle que je cherche. Car désormais, c'est officiel, je fouille. Le chantier archéologique est ouvert. À peine l'ai-je commencé que déjà il me tarde d'allumer un grand feu avec ce premier vestige.

Je n'ai pas d'autres cailloux à suivre. J'ai beau chercher, je n'en vois aucun. Il n'est pas dit qu'à force de gratter le sol, je ne trouve pas d'autres signes. L'un appellera un autre qui réveillera un troisième qui fera naître à son tour une image. Je finis par croire que j'ai inventé cette histoire de glyphosate un jour de colère. Aujourd'hui, j'en serais plutôt à chercher l'engrais capable de faire repousser plus vite ma mémoire.

Il y a quelques jours, ma marraine me demande :

– Que fais-tu de ton temps maintenant ?

– J'écris.

– Sur quoi ?

J'hésite, puis je finis par lâcher.

– Je cherche, je fouille sur Flo.

Pas besoin d'un long discours. C'est comme si elle y pensait tous les jours, sans avoir à faire un effort pour se la rappeler, et sans que je lui pose la moindre question, elle me confie que Flo reste un mystère, et que dans notre petite enfance nous étions considérés comme des jumeaux, de faux jumeaux certes, mais appariés. J'en ai perdu la conscience. Elle se souvient d'une dispute entre nous qui s'était terminée par une décision irrévocable de Flo : « Puisque c'est ça, je ne veux plus être assortie avec toi. » Une référence au bon goût de notre mère qui combinait les couleurs que nous portions. Je me souviens qu'un jour notre grand-mère était montée à Paris et nous avait emmenés dans un magasin de vêtements pour enfants dénommé Enfantillages, situé en face du parc Monceau. Y avions-nous nos habitudes ? Était-ce du vivant de ma mère, ou juste après son décès ? Les vêtements assortis sortaient-ils de cette boutique ?

Quatorze mois nous séparent – une paille. Nous avons vécu vingt-quatre ans ensemble dans le même appartement. Nous nous sommes pratiqués, nous nous sommes disputés, nous avons joué, partagé, travaillé, écouté de la musique, vu des films, beaucoup de films, nous en avons parlé, nous avons comploté, nous nous sommes moqués, fâchés, compris, mal entendus, nous sommes sortis et parfois rentrés ensemble, nous avons manifesté dans la rue, randonné, voyagé dans les mêmes pays, ensemble ou chacun de son côté, préparé des repas, fréquenté la même fac, nous avons vécu l'un à côté de l'autre, parfois et même sans doute un peu trop l'un loin de l'autre.

Nous n'avons pas fait d'excès ensemble. Nous ne nous sommes pas tant que ça confiés l'un à l'autre. Nous sommes restés secrets. Nous avons partagé des silences. Elle s'est confiée, dans une lettre, une seule. Moi, pas.

Quarante ans. Quarante ans sans écouter Julos Beaucarne, quarante ans sans parler d'elle. Quarante ans qu'elle ne hante pas mes nuits, qu'elle ne me poursuit pas, qu'elle ne s'accroche pas à mes basques. Parfois, pourtant, elle pointe son nez, sans raison, de manière fugace, sur la pointe des pieds. Pas vraiment un fantôme, encore moins un spectre. Juste une ombre, floue et muette, fluette. Elle ne fait que passer. Jamais en pleine lumière, toujours entre parenthèses. Elle ne dit rien, n'exprime rien, ne reproche rien, elle s'éclipse vite. Je préférerais la voir rire. Cette silhouette, c'est bien elle, je la reconnais, ce n'est pas celle que je préfère, c'est celle de la fin. Ce n'était pas son ombre alors que j'avais en face, mais elle, en chair et en os, Flo, le jour où elle a choisi de s'en aller.

Je la traque dans toutes les strates de ma mémoire, à Paris, dans l'Oise, dans les Pyrénées orientales, au bord de la mer, dans les lieux où nous avons vécu, dans ceux où nous sommes passés, sur le campus de Nanterre. Je ne la retrouve pas. J'entrevois des scènes où elle est là, j'en suis sûr. Mais elle n'est jamais au cœur de l'action. Je l'aperçois fugitivement, dans un coin de l'image, avant qu'elle ne se retire aussi vite. Les autres acteurs sont bien plus présents. Même les meubles existent davantage. Elle n'est pourtant pas une figurante. Elle est la Disparue. *La Desaparecida.*

Elle n'est jamais loin mais reste floue. Pas besoin de la voir pour savoir qu'elle est proche, qu'elle entrerait dans mon champ de vision si je savais voir l'invisible, qu'elle ferait entendre son rire ou son point de vue si j'avais une meilleure ouïe, qu'elle ne se laisserait pas dicter ses opinions. Pas besoin de l'entendre pour savoir qu'elle dirait ce qu'elle a à dire.

Non, elle se tait. Elle s'est tue et n'a pas repris la parole. Même quand elle parle, ou quand je la vois parler, sa voix reste silencieuse. Aucun son ne sort de sa gorge. Ce n'est pas moi qui me bouche les oreilles. Elle est inaudible. Seule sa silhouette échappe de justesse à l'effacement. Ce corps embarrassé et embarrassant, ce corps en trop, ce corps sans vie, juste entraperçu et dont je ne sais que faire, pire, que je perçois comme un reproche silencieux. Elle est là et elle est absente. Sa voix débarrassée de toute tonalité, détimbrée.

Les rares fois où je l'entraperçois, elle traverse la scène comme une apparition, incapable de rester dans le cadre. Jamais la femme adulte ne me regarde de face. Son regard est fuyant comme si elle voulait s'échapper. Je ne sais ce qu'elle combat. Est-ce elle qui me fuit ou moi qui la repousse. Je croyais la connaître et je ne sais pas où la retrouver. Ce n'est pas en arpentant le quartier des Épinettes où elle habitait que je croiserai son fantôme qui n'a jamais existé.

Qui peut dire où il est passé ? Je n'écris pas cette phrase par hasard. Elle me trouble. Elle vient d'une chanson de Joan Baez que je réécoute souvent. Elle a été enregistrée sur un 33 tours que Flo et moi avions piqué à notre grande sœur Maric. Joan Baez chante en allemand : *Sagt Mir Wo die Blumen Sind*. Nous adorions ce disque et, même si nous ne comprenions pas le sens des paroles, nous en goûtions la sève. La chanson a une généalogie compliquée. Joan Baez reprenait une ballade pacifiste de Pete Seeger, *Where have all the flowers gone*, elle-même inspirée d'une comptine cosaque citée par le romancier Cholokhov dans *Le Don paisible*.

Je viens de découvrir la version française, la plus belle (j'oublie celle de Dalida et même celle de Juliette Gréco), je parle de celle de Marlene Dietrich, et le sens des paroles : *Qui peut dire où vont les fleurs du temps qui passe ?*.

Depuis, je l'écoute en boucle et en français. De la première à la dernière strophe.

Il est fait de tant de croix
Le temps qui passe
Il est fait de tant de croix
Le temps passé
Pauvres tombes de l'oubli

Les fleurs les ont envahies
Quand saurons-nous un jour ?
Quand saurons-nous un jour

Il faudrait que je plonge plus profond dans la mer. Je distinguerais mieux sa bouille, ses joues rouges, son air malicieux, son sourire énigmatique et ses cheveux crépus – on soupçonne une origine afro-caribéenne dans la généalogie d'une tante de ma mère pourtant bien implantée sur le rivage languedocien.

À travers le masque m'apparaîtraient ses yeux ronds posés sur une tête qui faisait sourire les adultes. Dans l'eau, assombri par le manque de lumière, le visage renfrogné, mal à l'aise, ne serait pas loin. Je n'entendrais qu'un gargouillis, un bruit de bulles. Je vois des gestes, des bras s'agiter, ils se tendent vers moi, ils appellent au secours avant qu'elle ne s'enfonce dans les tréfonds.

Hélas, je ne peux plonger. Mettre la tête sous l'eau m'est interdit depuis que je sais nager. J'ai appris tardivement, à sept ans passés, avec une amie de Maric. Le jour où j'ai mis la tête sous l'eau, on a découvert que j'avais les tympans fragiles. Je ramassais systématiquement une otite carabinée que l'ORL désignait sous le terme de mastoïdite. Je pouvais juste faire quelques brasses en tenant ma tête bien hors de l'eau. Impossible de jouer dans les vagues. À peine ma mère était-elle morte que je me retrouvais privé de mer. Chaque bain se soldait par des écoulements douloureux et une forme de surdité. À la longue, j'ai même cru en faire une force : cela me permettait de ne pas entendre ce qui me dérangeait. Personne n'était dupe. Longtemps après, dans la famille, j'avais droit à « Tu es sourd quand ça t'arrange » ou « Tu as l'oreille sélective ». La dualité du Gémeaux.

Flo, elle, avait l'ouïe fine et elle était du signe du Taureau. La famille le lui répétait depuis l'enfance, comme pour la convaincre qu'elle était courageuse, forte, un peu têtue aussi, qu'elle ferait toujours face et ne lâcherait personne. Elle était le Taureau. *The Bull*. À force de le dire, on finissait par le croire, par en faire un poncif. *When the legends become facts, print the legend*, marmonnait le journaliste Dutton Peabody, dans *L'homme qui tua Liberty Valance*, le film de John Ford que nous avions aimé ensemble. La famille se nourrissait de cette légende.

Dans sa longue lettre, elle se plaint d'être cataloguée ainsi, forte de caractère. Je suis tout le contraire, me confie-t-elle. Et puis, dit-elle, qu'est-ce que cela signifie « forte de caractère » ? Et si sa bonhomie apparente, son humeur rigolote avaient servi de masque, de paravent ? Ont-ils été des leurres, des trompe-l'œil, des dérivatifs qui arrangeaient tout le monde ? Et qui a blessé cette version féminine du Minotaure, créature hybride d'humain et de Taureau, en surestimant ses forces ? Qui sans le vouloir lui a fait mettre genou à terre ?

Qui a tué Davy Moore et pourquoi est-il mort ? criait Graeme Allwright en reprenant en français une chanson de Bob Dylan sur la mort d'un boxeur sur le ring. J'ai perdu ce disque – comment peut-on perdre un disque. Ce n'est pas moi dit l'arbitre, ce n'est pas moi dit la foule, ce n'est pas moi dit le manager, ce n'est pas moi dit le journaliste, ce n'est pas moi dit son adversaire. Non, c'est le destin, Dieu l'a voulu.

Tout est si lointain. Il s'est passé tellement de choses depuis. Avec le temps, j'aurais pu garder le meilleur et oublier le reste. Même pas. J'ai perdu les fous rires de l'enfance. Il y en eut, j'en suis sûr. Quant aux autres souvenirs, chaque fois que l'un d'eux essayait de m'envahir, je le chassais d'un revers de tapette à mouches. Je doute de l'efficacité du geste. Mais le résultat est là. Si j'oublie les bons jours et si je repousse les mauvais, il ne reste plus grand-chose. Les dernières miettes ont été glissées sous le tapis.

Il me reste la bande-son. Je remets le disque de Julos Beaucarne et je tombe sur une autre Mémoire de rose :

Te pends pas à la branche
Dès qu'il fera noir
Te pends pas à la branche
Dès qu'il fera noir, car
De mémoire de rose
On n'a vu mourir un jardinier

Je ne cherche pas à comprendre. Je veux juste la retrouver un peu. Rien ou si peu, c'est entendu. Rien ou presque, on est d'accord. Mais c'est ce presque-rien que j'aimerais revoir, je ne sais pourquoi, rien que ce presque-rien, ce serait mieux que rien, comme le chante Gainsbourg.

Rien, c'est déjà
Rien, c'est déjà beaucoup
On se souvient de rien
Et puisqu'on oublie tout
Rien, c'est bien mieux que tout

Quelle serait l'alternative ? Arrêter les fouilles à peine commencées. Se taire à jamais. Accepter qu'il n'y ait plus jamais de trace de Flo sur terre. Qu'elle soit définitivement privée de tombe.

Quand saurons-nous un jour, comme dit la chanson à sa toute fin. On peut entendre une autre chute : Qu'en saurons-nous un jour ?

6. Ils rient de toute leur force

La scène, montée et dialoguée comme dans un film de Truffaut, est la seule qui me soit revenue en intégralité, je ne sais dire pourquoi. Elle est tissée de plans fixes, d'un long travelling arrière sur deux vélos, elle est entrecoupée d'un flash-back, elle utilise une voix off.

Ce jour-là, Flo m'entraîne dans sa fugue, une fugue minuscule, juste un pas de côté, une transgression riquiqui qui a pour nous le parfum d'une petite victoire. Je ne suis pas long à convaincre. Personne n'en saura rien. Elle est le chef et moi, le petit soldat. Elle, douze ans, et moi onze à peine.

Tu sais quoi, on va aller la voir. Mais on n'a pas l'adresse. C'est pas grave, on se débrouillera, elle m'a parlé d'un château, d'un camp de jeunes, il ne doit pas y en avoir trente-six. Tu crois ? Oui, allez, viens, on trouvera, y en a marre, on tourne en rond ici. Tu as raison, tu connais la route ? On va prendre une carte. Elle nous attend ? Elle m'a dit où c'était, c'est comme si elle nous avait invités. Tu crois ? Mais oui, allez, en selle. On lui dit où on va ? Ah surtout pas, elle va nous l'interdire.

Elle, la deuxième épouse de notre père. Quelques mois plus tôt, elle m'a interdit d'aller chez un copain au motif que je ne connaissais pas le métier de son père.

Mais là, tout de suite, Flo m'emmène rejoindre Etty, sa grande copine, à vélo. Etty séjourne dans un village de l'Oise, pas très loin d'Armancourt, le village où nos parents ont acheté une maison au milieu des années 50.

Pour la première fois, l'été se passe loin des Pyrénées orientales et de Thuès-entre-Valls, berceau de la famille paternelle. Raison officielle : mon père a changé de fonctions et doit rester à Paris. Ça sent l'entourloupe mais nous ne saurons jamais le fin mot de l'histoire. En attendant, nous voilà, Françoise, Flo et moi condamnés à passer le mois de juillet à Armancourt. La punition. Mon père nous rejoint le week-end. Nous râlons en silence. On s'ennuie ferme. Seule échappatoire : les vélos. Ils ne comblent pas l'absence des chemins de montagne, des cabanes, de la descente de la rivière en radeau, des parties de cache-cache à l'échelle du vaste territoire de la commune.

On file en douce. Il faut emprunter une grande route, passer des villages, s'éloigner des circuits habituels. En semaine, au mois de juillet, il y a peu de circulation. On s'échappe. Sans permission, c'est encore meilleur. Flo ouvre la voie. Elle est contente de son coup, joyeuse de retrouver sa copine, elle jubile de sortir du cadre. C'est contagieux. On appuie à fond sur les pédales, on chante Dutronc à tue-tête.

Sept cents millions de Chinois
Et moi, et moi, et moi
Avec ma vie, mon petit chez-moi
Mon mal de tête, mon point au foie
J'y pense et puis j'oublie
C'est la vie, c'est la vie

Les vélos glissent sur le revêtement. Si ça, c'est pas la liberté ? L'air caresse nos visages. Flo se laisse griser, ses joues rosissent, elle reste concentrée. Elle caracole en tête. Plus on s'éloigne de la maison, plus l'excitation grandit. La carte routière ne sert à rien. J'ai l'itinéraire en tête. On se retrouve à Verberie. Un nom familier – on y passe pour rejoindre Armancourt en voiture.

Je viens de vérifier sur Mappy. Nous avons parcouru dix kilomètres à l'aller. Pas de quoi s'en vanter. La destination paraissait très éloignée. Peut-être avons-nous pris des chemins de traverse. Notre échappée belle n'a rien d'extraordinaire. Elle nous a pourtant mis en joie.

On finit par apercevoir le lieu recherché, un château en bordure de village, on descend de vélo, on s'approche à pas comptés. La bâtisse tient plutôt d'une immense maison bourgeoise, entourée d'un parc. Nous sommes intimidés et impatients en posant nos bicyclettes sur la grille. Nous restons un long moment à regarder. Nous apercevons des jeunes, en groupe, certains assis, d'autres debout. On dirait qu'ils font un grand jeu. Un garçon joue de la guitare. D'autres chantent. Nous sommes trop loin, nous n'entendons pas les paroles. Leur vie est animée, organisée, joyeuse, fraternelle. Et même pas un uniforme de scout en vue. Ça peut donc être ça, la vie.

Flo cherche Etty du regard à travers les grilles. Elle m'explique qu'elle fait partie d'un mouvement de jeunes Juifs. Nous brûlons d'envie d'aller les rejoindre. Mais ils sont absorbés par leur activité. Nous les dérangerions. Nous découvrons un monde dont nous ignorons tout. Elle la cherche du regard, elle ne la voit pas. Nous rentrons.

Au repas du soir, nous ne pouvons même pas partager notre découverte. J'ai perdu la date : 1967 ou 1968. Entre les deux, je penche pour la première, sans certitude. Je me souviens de l'été 68 comme celui où mon père passait son temps à essayer de faire le plein.

Devant les grilles du château, nous n'avons même pas conscience que la génération d'Etty est celle des enfants des rescapés de la Shoah. Le mot n'existe pas en 1967. On parle de déportation et on ne distingue pas entre les déportés. Résistants, francs-maçons, Juifs sont agglomérés dans une seule et même catégorie.

Par hasard, je viens de finir il y a quelques semaines la lecture des mémoires d'enfance d'une amie, Chana, *Métro sortie*. Elle raconte ses premières vacances à Verberie, au château Sainte-Corneille, dans l'Oise. Pas de doute, elle parle du même lieu. En 1947, quand Chana, toute petite fille, le fréquentait avec ses parents, le château venait d'être acquis par le Joint Distribution Comittee, organisation caritative américaine, et il était géré par le Foyer Ouvrier Juif, d'obédience socialiste. C'était un lieu de vacances où les rescapés se retrouvaient durant les mois d'été pour reprendre des forces, et tout simplement revivre. Tous parlaient yiddish. Nous étions très peu d'enfants, explique Chana. Vingt ans plus tard, le château avait sans aucun doute développé sa vocation d'accueil de jeunes Juifs, sans les parents cette fois.

Quand je revois le visage de Flo face aux grilles, il est empreint d'une gravité que je ne peux expliquer. Etty lui a peut-être confié des choses qu'elle a gardées pour elle.

Si j'avais à choisir la bande-son de cette scène, j'utiliserais la chanson yiddish *Donna Donna* interprétée par Joan Baez, dont les paroles s'accordent si bien à la scène. Notre sœur aînée avait le 33 tours.

Comment les vents rient-ils,
Ils rient de toutes leurs forces !
Rire et rire toute la journée,
Et la moitié des nuits d'été.

Sans rien savoir de leur histoire, nous sommes jaloux des chants de ces jeunes et de leur vie collective. Pourquoi sommes-nous privés de cette joie ? Pourquoi nous condamner à rester enfermés ? Ce jour-là, nous nous échappons pour la première fois. Nous aurions dû le faire plus souvent, pousser davantage de grilles, ouvrir plus de fenêtres, casser des portes. Oser s'échapper.

Je revois Flo esquisser un sourire en coin. Dans le même mouvement des lèvres, elle tique un peu. À quel ailleurs songe-t-elle devant cette grille qui nous éloigne des autres ?

7. *È pericoloso sporgersi*

À défaut de souvenirs, je m'en suis sorti en pensant : ce n'est pas moi qui l'ai oubliée, c'est elle qui est partie en claquant la porte, elle qui a tiré le rideau, en lâchant : Ça suffit, basta, j'en ai assez, continuez sans moi. Elle ne l'a pas dit comme ça. A-t-elle seulement eu le temps de penser à ceux qui continueraient sans elle ? Et si ce que je prends pour de l'oubli relevait de la gêne. Il suffirait de la surmonter, d'ouvrir une vanne, puis deux ou trois, pour que d'autres bulles remontent à la surface. La trappe est lourde.

J'ai longtemps été incapable de parler d'elle, de partager quelque chose de juste, de drôle, avec ceux qui l'avaient connue et d'être utile aux autres. Même une allusion à sa personnalité, à ses idées, à sa malice, son esprit frondeur, mordant, mutin, à ce qu'elle avait de chaleureux m'était impossible. Encore moins à ses colères, à son doigt accusateur contre le pouvoir des hommes, contre la famille, l'aliénation du couple, le mariage, la soumission des femmes qui étaient son leitmotiv. Adulte, elle était prompte à dégainer et à tirer à vue sur les contradictions de chacun. C'est l'époque qui voulait ça. Flo prenait tout à cœur. Elle pouvait être pénible. Elle tapait juste aussi, parfois. C'est à cela qu'on reconnaît les révoltés.

Je progresse. Je commence à la désigner par son prénom. Je m'étonne de cette liberté nouvelle. Si nous évoquons aujourd'hui la vie de nos cousins au Népal à la fin des années 70, je suis capable de dire à ma sœur aînée : « Flo aussi a fait le voyage à Katmandou. » Je ne sais rien de son séjour sur place. J'y suis allé un an plus tôt et j'ai du mal à l'imaginer portant son malheur sur les places de Bodnath ou de Pashupatinath. Sans hésiter, Maric me confirme. Elle a tout enregistré de la vie de sa petite sœur. Mais peut-être nous trompons-nous, elle et moi. D'après mes cousins, elle ne serait jamais allée à Katmandou.

Durant mes années d'amnésie, entendre son nom me mettait en danger. Il suffisait que quelqu'un parle d'elle – Guy se permettait une allusion de temps en temps – pour que je me bouche les oreilles, que j'entre dans un trou de souris, que j'aie envie de me lever de table. Je ne montrais rien. J'étais sourd. Je ne me sentais coupable de rien, juste gêné et peut-être un peu honteux. Honteux de quoi ? De mon silence ? De ma promesse de ne pas me laisser tourmenter avec ça ? Honteux d'elle ?

Aujourd'hui, je sais. J'avais le sentiment de revivre un mauvais feuilleton. Quelque chose qui a à voir avec l'impression de ne pas avoir une famille où l'on voit ses deux parents vieillir, où les enfants grandissent, deviennent adultes avant de vieillir à leur tour. Embarrassé de ce que la mort fait à la vie. Mais pas seulement. D'avoir une famille d'où l'on disparaît en silence et où personne ne semble s'en émouvoir.

Aujourd'hui, cette gêne de principe a disparu, du moins je le crois. En 2016 et après, à la mort d'Hamama, ma compagne, j'ai pris le parti de ne pas me taire, au moins d'écrire. Je brûlais de prendre le contre-pied de mon père qui s'était tu à la mort de son épouse et mère de ses enfants. Ma situation n'a rien de comparable – mes enfants sont de jeunes adultes. Mais j'en avais assez de ces linceuls de silence. Sans la mort d'Hamama, Flo serait sans doute restée dans le noir pour de bon. Je parle pour moi.

L'origine du mal remonte bien avant 1984, vingt-deux ans plus tôt exactement, en 1962. J'ai senti pour la première fois une gêne s'infiltrer en moi, poisseuse, bien collante, bien pégueuse comme on dit dans le Sud, sans nom, sans visage.

Le 18 mars 1962, journée de signature des accords d'Évian qui met un terme à la guerre d'Algérie, l'ORTF diffuse le grand prix de l'Eurovision, événement important à l'époque. Isabelle Aubret remporte le concours. La veille, le 17, notre mère, Josette dite Jo, meurt et nous ne le savons pas, ni Flo ni moi. Nous l'apprendrons quelques jours plus tard. Seule une minorité de foyers dispose d'un téléviseur. C'est le cas chez moi où un poste a été installé dans la chambre parentale pour distraire ma mère. *Un premier amour,* la chanson lauréate, n'éveille aucun souvenir. Le soir du triomphe d'Isabelle Aubret, Flo et moi sommes au domicile d'Andrée, la dame qui s'occupe de nous. Nos sœurs aînées ont été exfiltrées ailleurs.

Il me semble que le téléviseur d'Andrée est resté allumé. Peut-être avons-nous aperçu le visage d'Isabelle Aubret en noir et blanc sur l'écran bombé. Je ne garde en tête que des images de la cuisine ou des couloirs de l'appartement. L'endroit était inhabituel. Que faisons-nous là ? Rien que d'y penser, l'inquiétude du petit garçon remonte.

Pourquoi est-ce que je me souviens en revanche de la chanson qui a remporté le prix deux ans plus tôt, en 1960, *Tom Pillibi* ? Mon père adorait cette ritournelle. Cet air a bercé ma petite enfance, on le chantonnait en famille – c'est la version des Petits Chanteurs à la croix de bois que je connais, pas celle de Jacqueline Boyer, qui a remporté l'Eurovision. Je n'avais jamais fait attention aux paroles.

Tom Pillibi n'a qu'un défaut
Le mal n'est pas bien grave
Le mal n'est pas bien gros
Il est charmant, il a bon cœur
Il est plein de vaillance
Il est charmant, il a bon cœur
Mais il est si menteur

Pas le 18, donc, plus vraisemblablement le 19 ou le 20, Angèle, la mère de notre père, s'est mise en quatre pour nous parler, à Flo, presque sept ans, et moi, cinq ans et demi. L'annonce lui coûte mais il faut que quelqu'un s'en charge. Elle ne peut refuser ça à son fils. Il envoie son beau-frère, le frère de notre mère, faire le boulot auprès des aînées. Angèle est chargée des petits.

De petite taille, vêtue de noir, cheveux gris tenus par une épingle, yeux bleus, elle a plus de soixante-cinq ans, à peu près mon âge aujourd'hui. Ma grand-mère me semble très vieille. Elle est pressée d'en finir. Elle dit : « Votre maman est morte. » Silence. « Votre père n'a pas la force de vous l'annoncer. » Elle ajoute : « Il faut être courageux. » Elle ne nous serre pas dans ses bras. Elle n'a pas un geste.

C'était le matin. Une lumière gris-bleu enveloppe la chambre de Maric où elle nous a demandé de la suivre. Tout est pâle. Mon regard se porte sur le volumineux aquarium posé derrière elle, sur la cheminée. Il me semble que les poissons tournent plus lentement que d'habitude. Je mets du temps à réaliser qu'il n'y a plus de poissons, quelqu'un a vidé l'eau et jeté ses habitants. Il ne reste que des petits cailloux et des plantes desséchées.

Jusqu'à cette annonce, on nous a tenus à l'écart de tout. Même entre nous, nous n'en parlions pas. Le mot cancer et celui de maladie n'existent pas. Le visage interdit de Flo s'imprime en moi. Je le vois comme si c'était hier. Elle ne sait que dire ; je ne sais ce qu'il faut éprouver. Notre grand-mère impose son silence. La seule chose à faire est d'imiter l'expression grave qu'elle adopte et qui clôt le débat.

J'ai tout enregistré. C'est le seul souvenir précis de ma petite enfance. Pas pleurer, se taire, rien montrer, garder pour nous. Que nous disons-nous, l'un à l'autre, une fois revenus dans nos chambres ? Rien sans doute. Nous n'avons compris qu'une chose : la vie ne serait plus comme avant. Je m'en souviens comme de la chute soudaine et silencieuse de l'aquarium se brisant en mille morceaux, comme d'une bombe à fragmentation dont chacun des minuscules éclats pénètre au plus profond de nous.

Notre grand-mère n'aurait pas supporté la moindre effusion. Je l'imagine rejoindre mon père dans la pièce d'à côté, qui lève un sourcil inquiet. Elle se contente d'un signe de tête, l'équivalent d'un laconique « C'est fait ». Sans mot dire, elle fait comprendre que ça va aller, quelque chose comme : « Mieux vaut les laisser tranquilles. » Affaire réglée, pensent-ils. Les obsèques ont lieu à Perpignan. Nous en sommes privés, Flo et moi, et nous n'en savons rien. On nous laisse à Paris, chez Andrée, sans explication sur l'absence du reste de la famille. Où sont nos grandes sœurs ?

Un an plus tard, en 1963, Caroline Kennedy, née en 1957 (un an après moi), et John Jr, né en 1960, assistent aux obsèques de leur père, John Fitzgerald. La pression sur leurs épaules est d'un tout autre poids. Ils sont là pour participer à la fabrication de la légende. Mais eux sont présents derrière le cercueil. On ne le leur dissimule rien. Je me souviens des photos dans *Paris Match*, sans doute les ai-je vues plus tard, avec un étonnement interdit. Je me souviens de mon père, planté devant le téléviseur, lâcher d'un ton affligé : « Ces Américains sont d'un exhibitionnisme. » Comment puis-je me souvenir de ce mot ?

L'année de ma naissance, est sorti sur les écrans le film du commandant Cousteau et de Louis Malle, *Le Monde du Silence*, palme d'or au Festival de Cannes. Nous l'avons vu, Flo et moi, avec notre père, quand nous étions plus grands. Le monde du silence nous était déjà familier. Je me souviens plus de Jojo le Mérou que des circonstances du cancer de ma mère, Jo.

Ma bibliothèque de la maison du Midi va m'apporter la réponse. En fouillant dans ce meuble qui me vient de mon père, je découvre un recueil de chants religieux roussillonnais appelés des « goigs », daté des années 50. Je n'y avais jamais prêté attention. J'attrape ce volume presque par hasard. Je viens d'écouter une conférence à l'église de mon village : on fixait leurs paroles sur des petits panneaux en bois, permettant de chanter, tout en marchant en procession. Intrigué par cette pratique, j'ouvre le livre. Apparemment, je suis le premier lecteur : les pages n'ont pas été détachées. Sur la page de garde, je découvre une dédicace de l'auteur, écrite en catalan au stylo plume, et adressée à ma mère : … *amb l'ardent desitg qu'a traves aquesta goigs de la nostre terra, tots els Sants del Paradis poguín l'ajudar. Deus vos guard i la Moreneta* (« … avec le désir brûlant que par ces chants de notre terre, tous les saints du paradis puissent l'aider. Dieu vous garde et avec lui la Vierge noire » – il parle de celle de Font-Romeu et non de la Vierge de Montserrat, la plus connue des vierges noires catalanes). La dédicace est datée de janvier 1959 – ma grand-mère maternelle a dû la demander à l'auteur pour sa fille, ma mère. J'apprends ainsi, en 2019, que deux ans et demi après ma naissance, son mal est diagnostiqué. J'espère n'y être pour rien – je lis que la grossesse a plutôt un effet protecteur contre le cancer du sein. Cette trace infime de l'histoire se trouvait à portée de main dans ma bibliothèque.

Le seul qui nous ait parlé de la mort de notre mère est son père, notre grand-père Émile. Tous les jours, il se rendait au cimetière Saint-Martin sur la tombe de sa fille. Quand nous étions en vacances à Perpignan, une fois par semaine, mes sœurs et moi devions l'accompagner. Il fallait se recueillir et prier. Nous l'imitions ; il nous arrivait de faire semblant. Il portera le deuil jusqu'à sa propre mort. Il était voûté, traînait sa tristesse, ses pieds et sa carcasse brisée revêtue, été comme hiver, d'un costume noir. Il buvait trop. Je le voyais comme un mort-vivant. Tant de chagrin me terrifiait.

Jo, c'était sa fille adorée et il devait lui survivre. En nous obligeant à l'accompagner de force au cimetière, Émile est le seul à ne pas avoir escamoté sa mort. Les prières qu'il nous imposait étaient un supplice. Mais ses obsessions et son affliction nous ont empêchés de l'effacer. Votre mère est au purgatoire, expliquait-il. Seules vos prières pourront la sortir de là. Ce mystérieux purgatoire a hanté notre enfance. Ni paradis, ce lieu naturel, paisible, lumineux, ensoleillé, habité par les anges, ni enfer, prison souterraine, rougeâtre, étouffante dans laquelle le diable fait souffrir ses hôtes. J'interroge Andrée : c'est comment le purgatoire ? C'est comme notre monde à nous, elle m'explique : gris, triste et ennuyeux. Je ne comprends pas pourquoi notre mère – une femme si parfaite selon la légende – ne va pas au paradis. Ce serait un péché d'orgueil de le croire, on me répond. Quelles fautes a-t-elle commises ?

Alors, j'attends qu'elle en sorte. Jusqu'à mes dix ans, je l'imagine sonnant à la porte. Il m'arrive de la chercher dans la foule, de penser qu'elle vit ailleurs, qu'un jour je la croiserai. Je crains qu'elle ne m'ait oublié, qu'elle ne m'aime plus, qu'elle ait changé. Je me demande quelle est sa vie. Je ne suis pas sûr de la reconnaître. Je n'ai jamais raconté ça à Flo. Partageait-elle mes croyances ?

Ce sentiment d'étrangeté, ce trouble m'empêchaient d'être de plain-pied avec ceux de mon âge. Ma tante me rappelait récemment qu'un jour où elle venait me chercher à l'école, ce qui était rare puisqu'elle habitait Perpignan, je lui ai dit : « Surtout, tu ne dis pas aux autres que ma mère est morte. »

La honte d'avoir perdu ta mère, de porter, cousu sur le revers de ton manteau, un morceau de crêpe noir, de ne savoir que répondre quand on te pose des questions, honte de ces mains qu'on passe dans tes cheveux en soupirant, mon pauvre petit, de ne savoir qu'écrire à la question de l'instituteur, « profession des parents », qu'elle ne vienne pas à l'école, une honte qui te pousse à te rapprocher des enfants de divorcés, rares à cette époque, qui ne comprennent même pas ce que tu leur veux. La honte ne s'oublie pas. Elle ne se partage pas. Elle s'imprime. Même la honte tue.

Honte n'est peut-être pas le bon mot. Est-ce de la gêne ? L'une et l'autre se mêlent à la peur, une peur sourde, sans objet, sans visage, sans mots, à d'autres sensations écrasantes comme celle de ne pas être comme tout le monde. D'avoir l'impression de subir quelque chose de bien plus grand que soi et de ne pas avoir les armes pour se défendre. Personne ne fournit le mode d'emploi : ce qu'il faut dire, ne pas dire, écrire, taire. Ce qu'il faut croire, ne pas croire, ce qu'il faut accepter comme irréversible – elle ne reviendra pas. Ce qu'il faut faire avec les souvenirs : doit-on les nourrir ou s'en débarrasser ? Si quelqu'un avait le mode d'emploi dans la famille, il l'a gardé pour lui. Pourtant, pas besoin d'être âgé pour ressentir le poids des cachotteries, des mensonges, des dissimulations, des messes basses.

– C'était à cause de ma mère, m'sieur.
– Qu'est-ce qu'elle a ta mère ?
– Elle est morte.
– Mon pauvre petit.

Je voue un culte secret à ce court dialogue tiré des *Quatre cents coups* de François Truffaut. Antoine Doinel embrouille son instituteur avec un mensonge, pour qu'il lui fiche la paix. J'envie son culot. Lui a compris que la mort d'une mère, ça cloue le bec, ça éteint les questions, ça assomme l'adversaire. Peu lui importe si cela ne dure pas puisque la supercherie sera vite éventée. Nous, c'est le nôtre de bec qu'on cloue. C'est nous qu'on éteint, qu'on assomme.

Et Flo ? J'ignore ce qu'elle ressent. Nous n'en parlons pas. Même entre nous, la mort reste un secret.

Noël 62. On nous envoie tous les quatre dans une colonie de vacances à la neige, en Savoie. Mon père a fait des pieds et des mains pour que j'aie le droit de partir avec mes sœurs. C'est la condition pour qu'il reste seul, à Paris. Je l'entends encore dire, comme en s'excusant : « Je n'en peux plus. J'ai besoin de souffler. » La colonie est réservée aux filles : on me regarde comme une bête curieuse. Circonstance aggravante, l'âge requis est de sept ans et je n'ai que six ans et demi. Je ne peux faire aucune activité, pas même de la luge devant le home d'enfants. Je passe toute la journée avec les dames qui me gardent. Je m'ennuie. J'attends le retour de mes sœurs. Cela devient une habitude. Est-ce de la honte, de l'embarras ou de l'angoisse ?

À Perpignan, notre deuxième ville où nous passons toutes nos vacances, chez nos grands-parents maternels, la vie est douce, aimante, sucrée. Ces séjours ne sont que des parenthèses.

La vie reprend pourtant ses droits, même à Paris, et avec elle l'école, les week-ends, les jeux. Une tranquillité apparente. Nous allons au square des Batignolles, nous jouons, nous nous disputons, nous rions. On nous emmène au Jardin d'Acclimatation et une fois par an des amis de la famille nous accompagnent au Salon de l'enfance, au CNIT de La Défense d'où nous repartons chargés de sacs de gadgets, de prospectus pour des jeux de société ou des offres d'abonnements pour des magazines jeunesse. Un peu plus tard, tous les quatre, nous avons nos habitudes à la patinoire Molitor, porte d'Auteuil, que nous rejoignons par le train de la Petite Ceinture depuis la station Pont-Cardinet. Nous tournons en rond sur la glace.

Nous ne manquons de rien, ou presque. Sans les mots pour la dire, l'absence est une forme creuse, impalpable, sans consistance. Elle n'a pas de réalité. Nous continuons comme avant de respirer, de manger, d'apprendre, de jouer, de dormir. De marcher. Il n'y a rien d'autre à faire. Il suffit de mettre un pied devant l'autre. Je marche sur le trottoir de la rue des Batignolles, où nous habitons, je m'échappe, je m'invente un jeu : ne pas mettre le pied sur le joint entre deux dalles. Si je touche, ça porte malheur ; si je l'évite, c'est gagné. Je me fous du résultat : seul compte l'instant où le pied est en l'air, suspendu.

Nous sommes des enfants des Trente Glorieuses et de la société de consommation. Certes, il manque une personne mais nous faisons comme si. Nous sommes une famille presque comme les autres. Mon père roule en Ariane, une grosse Simca chromée genre belle américaine. Il fume à table, au volant ; avec l'odeur des sièges en plastique, cela nous rend malades, il fume tout le temps. Il râle. En conduisant, il agonit d'injures les conducteurs qui lambinent ou se rabattent trop vite. Il passe son temps à critiquer de Gaulle. *Le Canard enchaîné* est sa bible. Il aime les livres, les expositions du Grand Palais, les vins d'Alsace et les bourgognes, l'Italie et l'Espagne, il passe ses vacances avec nous dans sa maison des Pyrénées catalanes. Il ne doute de rien. Nous occupons un grand appartement. Nous le suivons. Le week-end, nous partons à la campagne. Que demander de plus.

Pour nous empêcher de vomir dans la voiture, notre père nous fait chanter en chœur. C'est la bande-son de nos voyages. *Sur la route de Louviers, il y avait un cantonnier… Il était un petit navire qui n'avait ja, ja, jamais navigué… Malbrough s'en va-t-en guerre…* Nous avons les disques à la maison, nous pouvons répéter.

C'est lui qui choisit la chanson. Nous, on est censés connaître les paroles, on le suit. Il a un faible pour Guy Béart.

> *Ma petite est comme l'eau, elle est comme l'eau vive*
> *Elle court comme un ruisseau, que les enfants poursuivent*
> *Courez, courez vite si vous le pouvez*
> *Jamais, jamais vous ne la rattraperez (…)*

Je ne dépasse jamais la première strophe. La fin de *L'Eau vive* est cruelle.

Pleurez, pleurez, si je demeure esseulé
Le ruisselet, au large s'en est allé.

La chanson qui suit vient de me revenir en mémoire. On la reprenait sans se demander à quoi riment les paroles.

J'ai perdu le do de ma clarinette
Ah si papa il savait ça,
Il dirait « ohé »
Il chanterait « ohé »
Au pas, camarade, au pas, camarade
Au pas, au pas, au pas

Mais je n'ai pas oublié cette autre qui ressemble à un programme.

Auprès de ma blonde, qu'il fait bon, fait bon dormir.

À quarante-deux ans, notre père, ce Méditerranéen à qui le meilleur était promis se retrouve seul avec quatre enfants. Haut fonctionnaire, il s'était fabriqué un univers à sa mesure, avec sa belle épouse, pharmacienne et mère de famille nombreuse, mobilisée sur tous les fronts.

Notre mère a disparu dans le plus grand des secrets et voilà que déjà, je ne sais dire combien de temps après, j'ai toujours un problème de dates, mon père nous présente sa remplaçante. Il a répété son rôle. J'essaie de retrouver son sourire embarrassé, ses explications emberlificotées, son aplomb. J'ai oublié ses mots, pas la surprise et la gêne qui m'envahissent. Cela ne s'arrêtera jamais.

Je m'interroge soixante ans après. Quelqu'un lui a-t-il glissé à l'oreille : non, ne fais pas ça, écoute, ce n'est pas possible, tu ne peux pas, pense aux enfants, pas si vite, pas elle, pas comme ça. Il n'aurait écouté personne. Sa liberté n'est pas négociable. Il est peut-être sincère quand il pense : c'est mieux pour les enfants.

A-t-il entendu une autre voix, venue de plus loin, à l'autorité incontestable ? Ce n'est pas son genre de parler aux morts. À défaut, il lui a bien fallu appeler Jeanne, la mère de notre mère, pour lui faire part de son intention. Un mauvais moment à passer. La colère froide de ma grand-mère n'est pas arrivée jusqu'à mes oreilles. On me tient à l'écart des secrets de famille. Curieuse comme elle l'était, Flo en savait sûrement davantage.

La nouvelle venue n'a pas vingt-cinq ans, vingt ans de moins que lui, et divorcée. Elle est grande, fine et jolie. Il me faut des années pour réaliser qu'elle était préparatrice dans la pharmacie de ma mère. C'est un peu comme si notre mère avait recruté sa remplaçante. Je me refuse à avoir une opinion sur le sujet.

On ne nous demande pas notre avis. Nous aurions rejeté toutes les prétendantes. Le pire eût été qu'elle arrive avec ses enfants. On se console comme on peut. Andrée, qui s'occupait de nous jusque-là, s'efface de nos vies. J'ai même oublié son visage. La fonction de l'intruse porte un nom : « belle-mère ». Ce mot sonne étrangement à mes oreilles. Je ne connais personne de mon âge qui ait une belle-mère. Je m'inquiète de voir sa silhouette longiligne, incongrue, souriante, s'efforçant d'être aimable, prendre sa place du jour au lendemain, occuper l'appartement, s'installer dans la chambre parentale, taper l'incruste, s'emparer des commandes de la cuisine et se mettre à régenter notre vie.

L'apparition de « belle-mère » dans le vocabulaire familial s'accompagne chez moi de l'éradication d'un autre mot, « maman ». Je ne le prononcerai plus jamais. En même temps que le mot disparaissent la plupart de mes souvenirs d'elle. J'ai aujourd'hui encore du mal avec le mot « belle-mère ». Longtemps, je ne suis pas arrivé à le prononcer sans hésiter. Je l'ai banni de mon vocabulaire. J'essaie, soixante ans plus tard, de le remplacer par « marâtre ». Ça ne marche pas. Nous ne sommes pas dans un conte de Perrault.

Je me souviens des photos de nous en communiants, à Paris avec les quatre grands-parents et la seconde épouse, à son aise. Que trouvaient-ils à se dire ?

La dame se pique vite d'organiser notre vie selon des préceptes sortis de nulle part, si ce n'est de l'idée qu'elle se fait d'une famille bourgeoise. Elle organise deux dîners le soir : celui des enfants, très tôt, puis celui des adultes, avec des menus différents. Je découvre avec horreur le chou-fleur, les épinards et les choux de Bruxelles. Je déteste encore les choux de Bruxelles. Quand arrive l'heure de *Belphégor*, le grand feuilleton télévisé de ces années-là, Flo et moi en sommes privés. Nous en sommes réduits à lire *Télé 7 Jours* pour parler de l'épisode de la veille, le lendemain matin dans la cour de l'école.

Le couple reçoit. Mon père revit. Maric, Françoise, Flo et moi pourrions partir en vrille, nous devrions, peut-être même sommes-nous partis en vrille, sans crier gare. Je parle du haut de mon mètre trente. Chacun est touché selon son âge, son sexe, sa place dans la fratrie, son degré d'exposition. Mes sœurs me servent de garde-fou. Je me planque.

J'ai grandi en croyant que j'étais le fils attendu. Combien de fois ne me l'a-t-on pas dit ? Certains ont insisté lourdement : ton père a dû faire trois filles pour avoir un fils. Sur la place et le rôle des filles dans une fratrie, l'époque ne faisait pas semblant. Et quitte à faire dans le symbole, il a fallu que je naisse le jour de la fête des Pères. Qu'en pensait ma mère ? Était-elle complice du rêve paternel ? Je l'ignore. Et mes sœurs ? Flo ne m'a jamais reproché d'être arrivé si vite après elle, plus vite que prévu paraît-il. Le garçon tellement désiré serait en réalité le fruit d'un accident.

La vie à Paris est peu aimante, ennuyeuse. Dans mes souvenirs, ces années sont écrasées, raplaties, toutes semblables les unes aux autres. L'enfance et la préadolescence ne font qu'une. J'entends Flo m'appeler depuis la chambre qu'elle partage avec Françoise : « Jean-Mi, Jean-Mi, viens voir. » Je ne vais pas mentir, j'aurais préféré un frère. Mais puisque c'est une sœur, ma presque jumelle, autant que ce soit Flo.

Plus je creuse, plus je fouille, plus j'écris, plus les souvenirs affluent. Si je fais un effort, je finis par retrouver des bribes : des bouts de phrase, des confidences, des éclats de rire et des éclats de voix, des fragments choisis de disputes. De courtes saynètes du petit théâtre familial dans lequel chacun joue son rôle : mon père, celui du chef de famille, déboussolé, perdu, s'accrochant aux branches, faisant semblant ; ma grande sœur, dans le rôle de l'aînée mettant vite les voiles face à une belle-mère qui impose sa loi, assumant sa fonction à distance ; la cadette, fortement secouée par les vagues, plus scandalisée que révoltée ; Flo, la troisième, debout, droite dans ses bottes, dans celui de l'empêcheuse de tourner en rond ; moi, le dernier, dans celui du rêveur dans la lune, sourd aux injonctions extérieures.

Heureusement, à neuf cents kilomètres de là, Jeanne, notre grand-mère maternelle, fait des miracles. Chaque mercredi arrive à la gare d'Austerlitz, par le train de nuit en provenance de Perpignan, un carton imposant rempli jusqu'à la gorge. Les petites taches rouges qui suintent jusqu'à l'extérieur trahissent son contenu. À l'intérieur : un étal de boucher. Des entrecôtes, des rosbifs, de la macreuse, du faux-filet, un gigot, des escalopes… Du lourd, du sérieux, de la bête de choix provenant des marchés aux bestiaux de Lozère ou de Saône-et-Loire. De l'Aubrac, du Charolais. De quoi tenir la semaine. L'ouverture du carton est une fête. Flo est la première à déballer les morceaux comme si c'étaient les pièces d'un trésor.

Mon grand-père, chevillard de profession, autrement dit grossiste en viande, puise dans ses chambres froides de quoi nourrir les enfants de Jo. C'est sa manière à lui de participer à notre croissance. Mais c'est plus que ça. La viande, surtout la bien rouge, la très saignante, la plus que juteuse, est mieux qu'un fortifiant, elle est une consolation, une preuve d'amour, un lien charnel. Pour Émile, le sang échappé de la cuisson de la bête se boit directement au bol, avec un peu de sel. Nous sommes des vampires assoiffés d'amour.

Un jour ou plusieurs, alors que nous sommes soumis au système des deux repas, d'un côté celui des enfants, triste, fade et bouclé de bonne heure, de l'autre celui des adultes, préparé avec attention, nous voyons la viande familiale détournée de son objet initial pour atterrir dans l'assiette du deuxième service. C'est trop. Nous protestons, nous manifestons en rangs serrés.

Halte-là ! Pas touche ! Pas le bœuf d'Émile ! Si je mange infiniment moins de viande qu'à l'époque, je regarde toujours un onglet grillé comme un réconfort venu du ciel.

Notre père qui déteste les conflits s'en tire avec des formules : « Enfin, voyons… » Il n'est pas curieux de nos vies. Ce bel esprit, cultivé, brillant en société, empathique et joyeux avec les familles des autres, devient taiseux dès qu'il pousse la porte de nos chambres. Il pense sans doute qu'une progéniture s'élève toute seule, qu'un père n'est là que pour parapher les carnets scolaires. Même un redoublement ou un avertissement ne déclenchent aucune alarme. Il fait confiance. Cela le dispense de s'inquiéter. Lui aussi s'intéresse à notre croissance : il prend régulièrement la mesure de notre taille au crayon, sur la tranche de la porte de sa chambre, en notant la date et le prénom de chacun sur chaque trait.

Tant qu'ils sont en état, Jeanne et Émile nous accueillent à toutes les vacances. Nous prenons le train de nuit, en couchettes, pour Perpignan. Notre père oublie parfois d'acheter le billet retour.

Sur place, nous retrouvons la cuisine de Jeanne et son office débordant de limonades locales, de crêpes dentelle, de Chamonix, de Paille d'Or. Chez Jeanne, le sucre coule en sirop dans nos veines. Le vendredi, la viande s'efface au profit des filets de sole frits. Jeanne les appelle les frites de Perpignan pour que nous acceptions d'en manger. Je donnerais très cher pour en retrouver la saveur. Ses tables de Noël et du Nouvel An sont un enchantement. Nous découvrons galantine et ballottines. Jeanne se multiplie même si la fête n'est pas aussi gaie qu'elle l'aimerait. Nous nous retrouvons avec nos grands-parents autour d'un buffet disproportionné.

Nous détestons le retour à Paris. Le train se met en route, nous entendons la locomotive siffler, Flo baisse la fenêtre du compartiment, sort la tête au-dehors et, sans se retourner, nous appelle à la rejoindre, Françoise et moi :

– Dépêchez-vous de faire le plein d'air de Perpignan.

Elle ouvre grand sa bouche. Elle en mettrait en bouteille si elle pouvait. Nous ne tenons pas compte de la mise en garde écrite en français, en anglais et en italien : *È pericoloso sporgersi* – Il est dangereux de se pencher. Je ne sais plus si la scène s'est répétée plusieurs fois, comme un rituel. Mais je la vois avec précision. Le train-couchettes nous fait passer en une nuit de la lumière à l'ombre dans une odeur de skaï. Je revois les six petites photographies accrochées par la SNCF dans chaque compartiment : cathédrale de Chartres, Mont-Saint-Michel, la cité de Carcassonne, le viaduc de Garabit… Ces hauts lieux du tourisme des années 60 forment dans ma mémoire un imagier familier qui accompagne le déhanchement du train du retour.

Quand je me promène dans ces souvenirs, je ne fais pas de différence entre Flo et moi. Elle est moi et je suis elle. Nous respirons le même oxygène. Nous croquons dans les mêmes pâtisseries. Nous avons les mêmes cachettes dans les placards de la cuisine de Jeanne. Les mains de Jeanne nous prodiguent les mêmes frictions avec sa lotion de Foucaud. Et quand Flo joue à la marelle sur les grands carreaux bordeaux du sol du premier étage de la maison de Perpignan, je la suis, de la terre jusqu'au ciel.

À Paris, le climat s'électrise. Ma sœur aînée ne supporte pas les intrusions de la deuxième épouse dans sa vie. Après quelques crises violentes et des portes claquées, elle met les voiles. Maric restera longtemps en colère contre son père. Flo prend le relais. Elle trépigne, elle rumine, elle n'a pas froid aux yeux, elle défend la fratrie chaque fois que l'intérêt collectif est bafoué. Chacun loue sa force de caractère, même son père. Elle y laisse des plumes. Françoise la suit. Je suis d'accord avec elles mais je me tiens en retrait. Mon statut de petit dernier et de garçon me sert d'armure. Je me réfugie dans ma chambre, d'abord avec mes petits soldats et mes voitures, puis mon ballon, enfin avec mes livres et mes rêves.

Dans l'appartement, un long couloir sépare les pièces sur rue de celles sur cour. Pour rejoindre mon antre, je traverse la chambre de Françoise et de Flo. Au bout du bout, une fois la porte fermée, je suis dans mon univers. Ce n'est pas le cas de mes deux sœurs que je dérange en permanence.

Une fois Maric partie, Françoise récupère sa chambre. Celle de Flo reste un passage. Elle n'a pas d'intimité. Sa chambre sert de quartier général. On y partage nos indignations, on y débriefe les négociations en cours, on y fomente la prochaine révolte.

Face à l'adversité, nous n'avons pas la même attitude. Flo monte au front, baïonnette au fusil, sans même prendre le temps d'enfiler un casque. Françoise la suit, s'en mêle, lui fait écho, ajoute sa patte. On s'en tire comme on peut par la moquerie. Flo me fait lire *Vipère au poing* de Bazin. Nous parodions des scènes. Nous pouffons en pensant à Folcoche. Je me fabrique une cuirasse. Je me planque, je refuse la guéguerre. Je me bouche les yeux et les oreilles. Lâchement, je ne suis pas très curieux de toutes les injustices qui marquent le temps de la régence. L'époque aura une fin, je le sais, tôt ou tard, comme le précédent, j'en suis sûr. Il suffit d'être patient. C'est l'adulte qui, en 2022, reconstitue cette pulsion.

Je revois Flo revenant dans nos chambres, en colère contre un refus.

– C'est pas possible, on a le droit de rien faire.

– Laisse tomber, ça sert à rien de s'énerver.

La vie est ailleurs. J'ignore comment je me suis forgé cette conviction. Mon statut de petit mâle, avec son lot de privilèges, m'a protégé. Mais d'où me vient le sentiment que tout cela finira mal et qu'il faut savoir se préserver ?

Dans la liste des moments très ennuyeux de ces années-là, je place haut les visites dominicales dans la famille de la deuxième épouse de mon père, à Paris ou à Villecresnes, dans le Val-de-Marne. Cette idée de nouvelle famille nous fait horreur. Nous la rejetons en silence. Nous devenons hypocrites. Il faut être polis, faire semblant, dire merci, non merci, je veux bien, répondre aux questions. Dans mon rejet intérieur, je ne fais pas la part des choses entre l'étrangeté de la situation et l'étonnement pour un monde différent du nôtre. Je me demande aujourd'hui s'il n'y avait pas de ma part un réflexe de classe. Comme si, tout à coup, aux yeux du garçon d'une dizaine d'années, le seul monde qui vaille était définitivement celui de sa mère alors que celui-ci a bel et bien disparu, et pas seulement de sa mémoire.

É pericoloso sporgersi.

8. À quoi se raccrocher ?

Les photos existent indépendamment de nous, même quand les tirages fatiguent ou que les diapositives se délavent. Elles survivent, même quand on les oublie jusqu'au jour où, à force de les chercher, elles nous explosent à la figure.

Je n'ai pas gardé beaucoup de photos de cette époque. Je ne voulais pas m'attacher à ce monde qui nous a laissés tomber. Je détestais le culte du passé. Après tout, on peut se passer du chagrin. Un enfant ne dit pas ça. C'est l'adulte qui parle.

À l'opposé, Françoise, ma deuxième sœur, affectionnait et collectionnait les photos de famille qu'elle récupérait au fur et à mesure de leur dispersion : elle se faisait un devoir de sauver ce qui pouvait l'être. Elle est la gardienne des traces familiales. Le jour où elle m'a offert celles qui me concernaient, je les ai à peine regardées. J'étais adulte, immergé dans ma vie, et je les ai vues comme le souvenir d'un enfermement passé : cette histoire n'était plus la mienne. Ces photos n'éveillaient rien, elles ne m'émouvaient pas. Aujourd'hui, je les traque. Elles renaissent sous mes yeux.

Cette mission que s'est donnée Françoise de collecter les souvenirs familiaux me ramène aux deux grands portraits peints de ma mère et de son frère, mon oncle, accrochés sur les murs du salon de la maison de mes grands-parents maternels. Des portraits dans une veine hyper-réaliste, sur un fond bleu assorti à la couleur des murs. À la mort de mes grands-parents, la question du sort du portrait de ma mère s'est posée. Je me souviens que seule Françoise s'est portée candidate. Pour moi, il était impensable de vivre à proximité d'une telle icône. J'ignore le sort de cette toile.

Sur la photo que j'ai entre les mains, je n'ai pas un an et Flo doit en avoir deux. Elle me renverse sur la couverture posée sur le parquet. Elle se penche sur moi et m'attrape dans ses bras. Elle s'amuse comme si j'étais un petit chat. Le tirage est petit et dentelé comme cela se pratiquait dans les années 50.

Celle-ci est d'un plus grand format. Le tirage est plus tardif. Nous sommes disposés comme sur la face d'un dé affichant le chiffre cinq. Notre mère est au centre de l'image. Une Vierge à l'enfant. Elle me porte sur ses genoux. Je ne suis pas plus âgé que sur la précédente. Jo n'a pas la raideur d'une icône : elle me regarde avec tendresse. Je suis le seul à avoir l'air sérieux. La photo assigne une place à chacun. Flo est debout, à l'avant du fauteuil, sa main gauche portée à la bouche dans un réflexe de protection ou de timidité, elle écoute les consignes. Les grandes sont à l'arrière. Maric exagère son rictus rieur, sûre de sa position d'aînée, elle nargue gentiment le photographe ; la cadette, Françoise, la regarde avec envie, essayant de capter son attention avec sa bouche grande ouverte. Les trois filles sont en robe, de belle confection, chacune son modèle, à rayures ou autres motifs, ceinture à la taille, notre mère est en chemisier à pois pastel et je porte une chemisette avec le col rabattu sur un pull sans manches. Cette image raconte une famille du 17e arrondissement de Paris, certes plus proche de la place Clichy que de la plaine Monceau, d'apparence heureuse, unie, aimante, confortable. Il ne manque en contrechamp que le metteur en scène, le photographe : notre père, penché sur le viseur de son Rolleiflex, nous demandant de ne plus bouger. Que serions-nous devenus si ce monde avait perduré ?

Ma mère nous avait attribué à chacun une couleur : le rouge pour Maric, le bleu pour Françoise, le vert pour Flo et le jaune pour moi. Trois couleurs primaires et une secondaire. Elle les utilisait pour les serviettes de table, les draps et les serviettes de bain. Chacun savait lesquels prendre. Nous avons continué à les utiliser après sa mort. Flo portait donc le vert, couleur de l'espérance, de la nature et de la santé. Les couleurs nous constituent-elles ?

Toutes ces photos, que sauvent-elles de nous ? Celles de nos proches sont souvent injustes : elles sélectionnent qui figure dans le cadre et qui en est absent. Elles hiérarchisent les instants. Ceux qui ont été photographiés, plus encore si la photo est bonne, nette et bien éclairée, ont plus de chances de survivre en nous. Elles peuvent embellir une scène ou annihiler un souvenir. Le miroir qu'elles offrent déforme : certains prennent mieux la lumière et d'autres fuient l'objectif ou détestent se voir en photo. Elles ne livrent qu'une part infime de la réalité. Malgré leurs défauts criants, elles sont irremplaçables : elles restent souvent le seul support de notre mémoire, je parle de celle des morts qu'elles figent à un instant de leur vie.

Dans le meilleur des cas, la photo restitue un visage, une expression, un regard, un geste. Cette captation est tout ce que nous attendons d'une photographie. Ce n'est pas donné à tout le monde de la réussir. Guy faisait ça très bien, mon père aussi mais jamais pendant les repas ou les réunions de famille car il restait assis. Il préférait le portrait posé. La plupart des photos de mon enfance étaient mises en scène. Les miennes n'ont jamais été classées, encore moins rangées dans des albums. Elles sont encore dans leur pochette Kodak d'origine, glissées un peu au hasard sans respect des dates dans de grands classeurs ou dans de vieilles boîtes de papier photo Agfa ou Ilford. Il faut fouiller. Les photos de la famille se méritent.

Que sont devenues celles en noir et blanc d'une galette des Rois avec des amis, rue des Batignolles, que je date du milieu des années 70, devant ce papier peint à motif ocre et bordeaux sur les murs de la salle à manger qui attristait nos vies ? Je m'en souviens parfaitement même si je ne sais plus où les trouver. Mes sœurs sont là. Mon père est absent. Guy a dû les prendre. Nous les avions développées nous-mêmes. Je me souviens d'une photo où Flo est pliée de rire. Quelqu'un avait dû la taquiner. Elle l'avait bien pris. La photo est en noir blanc mais l'on devine le rose sur ses joues.

Sur cette autre, Flo et moi, sommes assis côte à côte, derrière un bureau d'écolier. Je devine qu'il s'agit d'une salle de classe de l'école maternelle de la rue de Saussure, très proche de la pharmacie de notre mère, rue Legendre. La directrice a proposé que le frère et la sœur posent ensemble. La prise de vue date de 1961 ou de 1962. Après, nos chemins se séparent. Flo entre à l'école des filles de la rue Boursault et moi, à celle des garçons de la rue Truffaut.

Je me revois dans une salle de classe. Nous sommes debout côte à côte, Flo et moi. Sans doute, est-ce le jour même de la photo. Les lits de camp sont sortis pour la sieste. Deux femmes parlent à voix basse, l'une est de dos, l'autre de profil. Je n'entends pas ce qu'elles disent. La pièce est lumineuse. L'une tourne la tête. On comprend qu'elles parlent de nous. J'ai l'impression que c'est important. Pourquoi cette scène m'a-t-elle marqué quand j'en ai oublié tant d'autres ?

Je me demande depuis longtemps qui nous a appris à lire à la maternelle. Je réalise à présent : c'est l'institutrice. Je n'avais jamais envisagé cette évidence. J'ai tout oublié d'elle.

La photo scolaire est un minuscule caillou. La prise de vue est fonctionnelle. Le photographe enchaîne. Il n'a pas le temps de s'intéresser aux écoliers. Il ne fait pas dans le sentiment. Je hais le résultat. Nous sommes éteints.

Celle-là n'est guère plus gaie. Flo et moi sommes encore une fois photographiés côte à côte. Nous clignons les yeux, aveuglés par le soleil, sous les lampions éteints de la fête. L'ombre du tilleul ne nous protège pas. J'en suis sûr : elle date de l'été 62. Nous sommes sur la place du village, à Thuès-entre-Valls, à soixante kilomètres de Perpignan, l'un des berceaux de la famille paternelle. Pour les besoins du bal masqué, on nous a habillés en Catalans. Flo avec la coiffe traditionnelle et moi avec la baratine sur la tête ; aux pieds, nous portons des vigatanes, ces espadrilles lacées sur la jambe. Vu la qualité des costumes, ils n'ont pas été bricolés à la va-vite. Il n'y a que notre grand-mère Jeanne pour les avoir dégotés à Perpignan dans une boutique spécialisée. Elle est capable de les avoir fait réaliser sur mesure. Elle a dû insister pour que nous les enfilions. Nous ne les porterons qu'une fois. Maric est habillée en cow-boy, on lui a dessiné une moustache, et Françoise porte un kimono. Les apparences sont sauves. Notre déguisement ne trompe personne. Jour de fête, disent-ils.

Je n'ai pas revu le petit film depuis longtemps. Mais je l'ai toujours en tête. Il dit le contraire de la photo précédente. Nous sommes tous les quatre assis sur un banc en pierre de la maison de campagne de l'Oise. Mon père est derrière l'œilleton de la caméra, une Beaulieu 8 mm. J'ai sept ans, guère plus. J'essaie de me souvenir de la scène depuis mon point de vue d'enfant. Mais l'image animée se superpose à mon regard. L'objet de notre désir : un grand saladier de fraises, fraîchement cueillies dans le jardin et saupoudrées de sucre. Nous les attrapons à pleines mains. Nos lèvres gardent des traces rouge pourpre. Nous sommes en short, nous portons des chemises à carreau, chacune son coloris. Rouge, bleu, vert, jaune. Il n'y a pas si longtemps que notre mère est morte et nous rions. C'est joyeux. Je me souviens de l'air léger qui flotte autour de nous en ce jour de printemps : la vie a repris des couleurs. Le film projette ce qu'aurait pu devenir notre vie : une fratrie soudée autour de la figure paternelle. Je ne sais où s'est perdue la bobine.

Je plonge à nouveau. De la fin des années 60 et du début des années 70, mes filets remontent des photos de ma petite sœur, Isa, née du remariage de mon père. Flo la chaperonne. Isa la fait tourner en bourrique.

Jusqu'à ce que je tombe sur celle-ci : Flo et moi sur le toit-terrasse de la maison de nos grands-parents maternels, à Perpignan. On lui a offert un Instamatic Kodak. Nous nous photographions à tour de rôle. A-t-elle quatorze ou quinze ans ? Elle est en robe jersey beige. C'est l'été. Sa peau est légèrement hâlée. Tous les jours, nous prenons le bus pour aller à la plage. Parfois, nous nous arrêtons au Mammouth de la route de Canet pour faire une partie de bowling à deux. Nous lançons machinalement la boule sur la piste, elle roule sur elle-même, nous la suivons du regard en espérant vaguement qu'il se passe quelque chose. Nos cousins sont en vacances en Espagne. Sur la photo, Flo ne fixe pas l'objectif, son regard file sur le côté. Elle a les bras croisés. Elle est embarrassée.

Dans le film que je m'invente de la vie de Flo, il manque la continuité du scénario, les plans-séquences, les ruptures, les effets de surprises, la voix off. Du long métrage, je n'ai que la fin. J'ai du mal à remettre les scènes dans l'ordre. Le mieux que je puisse faire est de distinguer les grandes périodes comme le ferait un paléontologue pour une période longue : l'ère maternelle, une petite enfance qu'on imagine heureuse, on aimerait qu'elle le fût, elle l'a été sans doute. Suit la parenthèse de la Régence : Flo se rebelle comme elle peut, dans ce tunnel de quelques années où surnage la naissance de la petite sœur. Je ne sais comment qualifier la période qui suit, celle de l'adolescence. Je vois la mienne comme une fenêtre qui s'ouvre. Je pense à tous les rôles que Flo endosse sans rechigner. Enfin, l'âge adulte, celui de l'étudiante qui aurait dû être d'abord celui de l'émancipation : elle ne se défait plus de sa tristesse. Tout le monde adorait la petite fille, avait de la tendresse pour l'ado, s'effrayait de la troisième.

La mémoire s'assèche quand elle n'est pas entretenue. Les photographies peuvent servir de repères mais il n'en reste pas tant que ça – je sais où sont les miennes, j'ignore où sont celles de Flo. Ont-elles été dispersées après sa mort ?

À quoi se raccrocher ? Au climat, peut-être, à l'air du temps. Ce n'est pas si abstrait un climat, cela fait appel à des couleurs, à une bande-son, à des objets, des habits, des ambiances, des architectures, des mœurs, des films, des débats politiques, des chansons, des meubles, des unes de journaux, des publicités, des acteurs, des faits divers, des génériques d'émission de télévision, tous ces objets visuels et sonores qui déposent en nous des traces indélébiles d'apparence anecdotique et qui datent les souvenirs, les tapissent, les rendent visibles. Il faudrait aussi parler du climat familial. Je crains que les mauvais souvenirs n'obscurcissent la part de lumière. Je n'ai pas envie d'y revenir.

Je me souviens qu'au mois de décembre 1983, quelques jours seulement avant son suicide, Flo a fait un court séjour en Égypte avec une amie. Ce devait être au moment des fêtes. Isa me rappelle que cette année-là nous avions avancé le repas familial de Noël pour permettre à Flo d'être présente. Selon elle, le dîner s'était mal passé et la famille s'était éparpillée avant le dessert. Je n'en garde aucun souvenir.

Flo s'est fait prendre en photo, assise sur un site archéologique. Dans mon souvenir, elle a un sourire crispé. À son retour à Paris, elle a eu le temps de faire développer la pellicule et d'envoyer des petits tirages. Ma tante a longtemps conservé le sien dans sa bibliothèque. Je détournais le regard quand la photo entrait dans mon champ de vision. J'ignore ce que j'ai fait de mon tirage.

9. Même si je devais y brûler ma vie

La régence sembla durer une éternité. Dans les faits, mon père divorça assez vite. Six ans au moins, à peine, ou un peu plus, j'ai oublié.

Tout glisse, tout passe, le monde change, sans discours ni mode d'emploi. Une deuxième femme disparaît. Adaptez-vous, débrouillez-vous, c'est la règle. Un sourire, quelques mots, une complicité tacite, une pirouette. Voilà. Et hop. Ainsi va la vie. Elle continue en plus petit comité : deux ados, une jeune adulte et le père de famille. Isa nous rejoint un week-end sur deux. Qu'à cela ne tienne.

J'essaie de me souvenir de la scène. Nous sommes assis dans la salle à manger. Je revois mon père embarrassé et tout sourire, s'efforçant de faire comprendre d'une formule, suffisamment floue pour qu'elle ne soit pas perçue comme une injonction : « Je compte sur vous. » Peut-être fixe-t-il Flo en prononçant cette phrase. Cinq minutes chrono et l'affaire est pliée. Il a raison : nous sommes soulagés, prêts à relever nos manches.

Flo ressemble à sa mère, aimaient à dire certains qui avaient connu les deux. Comparaison risquée que je n'ai jamais entendue dans la bouche de mon père. Il préférait l'implicite. Il était fier de son épouse, brillante ; elle avait été le moteur de la famille, toujours souriante, et de bonne humeur, dit-on, s'occupant de sa pharmacie et de sa progéniture avec une égale énergie. Solaire par tout temps. Énergique pour deux. La photo est belle. Quand la légende est meilleure que l'histoire, imprimez la légende.

Mon père sait que Flo fera le job. Pas besoin de lui expliquer ni de lui demander. Elle ne rechigne pas. Tout ce qui signe la fin du cauchemar est bon à prendre. Elle a treize ou quatorze ans

– décidément, j'ai un problème avec les dates. L'âge de prendre son élan, de sortir avec ses amis, d'aller vers sa vie. Oh, bien sûr, chacun d'entre nous s'engage à prendre sa part et notre père s'occupe du financement. Une femme de ménage assure l'entretien. Pas de quoi se plaindre. La charge mentale, le mot n'existe pas encore, c'est Flo qui la porte avec Françoise à ses côtés – avant que cette dernière ne s'en aille à son tour. Et moi en troisième ligne. Je participe aux courses, je descends les poubelles, je fais la vaisselle. Mais l'autogestion a besoin d'une tête pensante. Quelqu'un qui prévoit, gère, anticipe. Flo n'attend pas qu'on lui demande de diriger la manœuvre. Accessoirement, notre père compte aussi sur elle pour s'occuper de la petite dernière les week-ends où il en a la garde. Isa, notre « demi-sœur » – je hais encore plus ce mot que celui de « belle-mère ». Je suis sûr qu'il a rappelé à Flo qu'il comptait sur elle la veille du premier week-end.

Tu as un péché, ma Flo, qui remonte à l'enfance, tu ne peux le nier : la gourmandise. Je me souviens d'un cadeau que nous avons reçu, vers huit ou neuf ans. Deux volumes signés Michel Oliver : *La cuisine est un jeu d'enfant* et *La pâtisserie est un jeu d'enfant.* Je ne me rappelle que le deuxième tome. Gâteau au chocolat, crêpes, quatre-quarts & Co. Tu le regardes d'un air sérieux, tu noues un tablier et tu fonces sur la première recette. Tu l'as beaucoup taché, ce tome 2, quand je me contentais de le feuilleter. J'ai gardé cette habitude : lire les livres de cuisine.

Nous en avons passé du temps ensemble, devant la gazinière. Mais sur les casseroles, les accessoires, les ingrédients, c'est toi qui as la main. Tu n'aurais pour rien au monde partagé ton pouvoir. Je te revois les joues gonflées de plaisir, les yeux gourmands, la langue passée sur les lèvres, soupirer avant un geste technique. Peut-être me laisses-tu les tâches subalternes. Tu dois me trouver emprunté. Je ne suis là que pour assister à la sortie du four ou goûter, à même la spatule, le chocolat fondu.

Est-ce ton idée à toi ou celle de Françoise, une fois le petit cercle familial reconstitué, d'instaurer le principe du croque-monsieur du dimanche soir ? Je ne parle pas d'un produit banal, trop grillé ou trop mou, débordant de râpé fondu, comme on le trouve sur la plupart des comptoirs de bistrot. Non, je désigne un croque-monsieur de qualité, ingrédients à l'appui, avec une cuisson sur le feu dans un appareil à la forme. Le pain est doré, l'intérieur est ferme, moelleux et croquant à la fois, sans excès. Ce croque-monsieur a adouci bien de ces soirs-là.

Mais ton goût pour la cuisine, n'est-ce pas le péché originel, le ver dans le fruit, celui qui conditionne la répartition des rôles ? Je n'oublie pas ma place de garçon, le dernier de la fratrie, celui qu'on protège et qu'on laisse tranquille. On adore que tu nous aies nourris et de quelle manière. Mais on t'aurait aimée même si tu n'avais rien compris à l'art de la cuisson. Si tu avais fait grève, je t'aurais soutenue.

Flo était bourrée d'énergie ; elle l'abîma. Elle occupait l'espace ; elle s'y est perdue. J'aimerais pouvoir décrire sa colère rentrée.

À Paris, la vie passe du noir au blanc, au gris. La couleur reste encore inaccessible. Dans le petit labo photo amateur installé dans sa chambre, notre père nous initie à l'art du tirage. Sous la lumière rouge d'une lampe inactinique, nous apprenons à recadrer une scène, à révéler les variations d'un gris, à agrandir la banalité. À ses côtés, nous manipulons révélateur et fixateur. Il se passionne pour la prise de vues et le labo, achète des revues spécialisées et des livres sur les maîtres du noir et blanc, court les expositions et participe à des concours amateurs. L'émail de la baignoire de la salle de bains gardera jusqu'à son départ la trace des acides déversés à la fin des séances. Nous développons nos premières photos : paysages, architectures, ciels, scènes d'amis.

La vie reste plombée. Après le dîner, mon père demeure assis pendant que nous débarrassons. Perdu dans ses pensées, il tire sur sa gauloise disque bleu filtre. Il impose le journal télévisé pendant le repas. Il craint le face-à-face ou d'avoir à s'intéresser de plus près à nos vies. Il est privé de parole. À nous de déchiffrer ses silences. J'ai quand même des complicités avec lui. À commencer par le sport en général et le rugby en particulier. Depuis 68 et le premier Grand Chelem du XV de France, mon père et moi nous bloquons quatre samedi après-midi de la fin de l'hiver pour le tournoi des Cinq Nations. Nous gardons ce rendez-vous jusqu'à sa mort en 2005. À chaque Marseillaise, mon père retient ses larmes. J'ignore l'origine de cette émotion.

Flo est exclue de cette communion des mâles qui empiète sur son dimanche dès que je joue en cadets, à Colombes. Mon père m'accompagne aux matchs. Il remplit sa DS de joueurs. À l'aller, il aime nous préparer mentalement ; au retour, il commente le jeu, l'arbitrage, les mauvais choix. Nous rentrons souvent tard pour déjeuner. La table est mise et le gratin dauphinois a refroidi. Flo ne me reproche rien. Elle aurait pu.

Un week-end, il nous amène tous les trois à la mer, au Tréport et au Touquet. Nous n'en revenons pas. Il endosse le costume du père attentionné. Il ne lui va pas si mal, même s'il redoute le tête-à-tête avec nous. Il n'est pas à l'aise. On ne s'improvise pas père présent quand ses enfants sont de grands ados. L'expérience n'aura pas de suite. Mais bientôt, il accueillera nos amis en week-end, à la campagne. Il donnera l'image d'un père ouvert, sympathique, proche de ses enfants.

À Perpignan, ma marraine et mes grands-parents paternels prennent le relais des grands-parents maternels. Marraine nous fait faire nos premiers pas en Espagne. Nous lui devons la découverte de Barcelone. Dans sa petite Fiat, nous découvrons le département.

Ce point de vue reste celui du fils, le seul de la fratrie. Je ne vois pas mon père comme un tyran. Je n'ai cessé de l'aimer. Pas seulement parce qu'il me fiche la paix. Je l'aime pour ce qu'il est. Sans le savoir, il forge une partie de mes goûts – je devrais dire de nos goûts, même si ça agacerait peut-être Flo. Sa bibliothèque m'ouvre des portes. Sans le vouloir, il me fait aimer la presse. Il rapporte à la maison *Combat*, *Le Canard Enchaîné* et *L'Équipe*. Je ne comprends pas grand-chose au premier, même si la signature de Camus sur du papier journal m'impressionne : je prends mon temps en tapissant la poubelle des doubles pages du quotidien, je m'étonne des bavures d'encre, je découvre l'art des titres et des maquettes. J'aime les dessins du deuxième. J'apprends par cœur les résultats du troisième.

« Familles, je vous hais. » Je suis en seconde quand je tombe, à la lecture des *Nourritures terrestres*, sur cette formule de Gide. Enfin quelqu'un qui met des mots sur ce que je ressens à quinze ans et qui ne sanctifie pas la famille comme un paradis. J'en parle à Flo. Elle est choquée. Pour elle, la famille reste sacrée. Je l'entends s'offusquer devant la fenêtre de sa chambre : « Tu ne peux pas dire ça. » Qu'elle s'attache autant à une réalité qui la fait souffrir me dépasse.

Flo ne veut pas s'émanciper : elle veut plus de famille, plus de parents, plus d'affection, plus d'amour. Elle souffre des manques de la nôtre. Elle aurait pu, elle aurait dû, se lever et se casser. Mais elle ne hait pas la famille. Au lieu de la refuser, elle l'épargne, elle aimerait seulement que la vie y soit douce et aimante. Elle se contenterait qu'elle soit normale. Je comprends qu'elle m'a pris au sérieux, qu'elle a cru que je finirais par la haïr, la famille. Ma haine reste une pétition de principe, une intention, à l'égard de toutes les familles, c'est comme si je disais : « Elles ne méritent pas la place qu'elles occupent. »

La phrase originale de Gide est plus longue : « Familles, je vous hais ! foyers clos ; portes refermées ; possessions jalouses du bonheur. » Depuis sa rédaction en 1897, elle est devenue un slogan, une ode au plaisir de vivre, un sujet d'examen ou un repoussoir. Gide avait un goût prononcé pour les jeunes garçons, ce que j'ignorais à l'époque. Il n'en est pas question dans *Les Nourritures terrestres*. Mais je lis autrement son « Familles, je vous hais ». Les prédateurs n'aiment pas que des obstacles se dressent sur leur chemin.

Cela ne sert à rien d'aimer les familles par principe, ou de les haïr en bloc : on n'y échappe pas. À chacun de faire au mieux, de s'en dépatouiller.

Lors de toutes ces années, les appartements successifs de Marc et Guy nous servent de base arrière. Au moindre coup de Trafalgar, nous

nous réfugions chez eux. Cela va au-delà : nous avons table ouverte. Ils partagent leurs plats le dimanche soir, et bien des soirées, des amis, des vacances. Quand ils louent des gîtes dans les Cévennes, ils prévoient grand. Ils nous accueillent et nous recueillent, parfois en morceaux. Ils nous réconfortent.

Je viens de retrouver un petit tirage en noir et blanc perdu dans une vieille pochette de papier photo Agfa. Il a été découpé dans une photo plus grande. J'ai oublié qui a pris des ciseaux pour isoler ce détail. Flo penche la tête, son œil droit sort du cadre, je ris en l'attrapant par le cou. Ses traits sont fins. Je ne sais pas ce qui me met en joie, sans doute de l'embêter. Sans me regarder, elle sent que ce geste vient de moi et son regard se perd. À quoi pense-t-elle ? Quel âge avons-nous ? Elle est ailleurs.

Parfois, sa langue, longtemps contenue, déborde. Flo se met en feu si une parole la blesse ou si une situation la choque. Alors, elle se rebiffe. L'alternative est pire si elle se sent prise au dépourvu : elle se referme, se tasse sur son siège, rentre en elle-même. Elle rougit, tortille ses cheveux et se tait. Je déteste la voir ainsi. Je préfère ses révoltes contre le pouvoir des mâles, contre le patriarcat.

C'est au cinéma que je la retrouve le mieux. Dans la grisaille ambiante, l'écrin des salles obscures – noir presque total, fauteuils de velours rouge et grand écran – est un refuge et une fenêtre. Tout commence au Royal Condamine, à deux pas de l'appartement. Hélas, nous sommes vite privés des séances pour enfants du jeudi après-midi : la deuxième épouse préfère nous surveiller de près devant Zorro. Il y a une morale à l'histoire : un jour, le téléviseur prend feu avant d'imploser bruyamment. L'écran cathodique s'effondre sous nos yeux lors d'une scène où Zorro poursuivi par le sergent Garcia mettait le feu aux poudres. Depuis, je vois le cavalier qui surgit hors de la nuit comme un protecteur, mieux, comme un ami vengeur.

Exceptionnellement, nous avons le droit d'aller voir *La Guerre des boutons*, au Turin. Mais pas *Bébert et l'omnibus* qui nous faisait tellement envie. Nous n'irons jamais au Gaumont Palace, situé pourtant à dix minutes à pied de l'appartement. Je me souviens des panneaux annonçant *La Chute de l'Empire romain* ou *La Conquête de l'Ouest.* Flo n'aimait pas trop ces films spectaculaires. Moi, j'adorais les clins d'œil que me faisaient leurs lettres géantes, les fresques immenses qui surplombaient la place Clichy et, à hauteur d'enfant, les photos de films.

Nous nous rattrapons à Perpignan. J'ai oublié les Disney mais pas *La Grande Vadrouille*, *Le Corniaud, ou La Folie des grandeurs.* Je me souviens aussi d'*Un monde fou, fou, fou*, de Stanley Kramer, sorti en 1964 et de *Sous le plus grand chapiteau du monde* avec Charlton Heston, vu bien des années après sa sortie. En 1967, ma marraine nous amène voir *Playtime* de Tati. Nous ne comprenons rien au film. Habitués aux grimaces de Louis de Funès, nous avons du mal à rire d'un grincement de chaise. Nous sortons décontenancés.

En 1969, les affiches d'*If,* le film de Lyndsay Anderson sur la révolte de collégiens anglais, couvrent les murs de Paris. Flo veut qu'on aille le voir. Elle a quatorze ans, moi treize. Nous aurions pu facilement raconter un bobard à la deuxième épouse. Mais notre sœur aînée veille au grain. Elle oppose son veto à distance : « Ce n'est pas de votre âge. » Nous protestons. Maric se sent investie d'une responsabilité morale. Nous ne verrons pas *If*. Et si nous ne l'avions pas loupé, que se serait-il passé ? Deux ans plus tard, nous irons voir *Orange mécanique*, infiniment plus violent, sans demander l'autorisation à personne.

Il faut attendre les années de lycée pour découvrir la vraie nature du cinéma. Nous fréquentons la cinémathèque de l'Éducation nationale, rue Jacques-Bingen, dans le 17e arrondissement. Chaque mercredi soir, nous avons rendez-vous avec John Ford, Orson Welles, Fritz Lang, Eisenstein, Godard, Rossellini. Flo et moi découvrons le monde de l'écriture cinématographique comme on entre en religion. Je me souviens encore des projections de *La Splendeur des Amberson*, *J'ai le droit de vivre*, *Pierrot le Fou*, *Ivan le terrible*, *La Strada*, *Voyage en Italie*, *My Darling Clementine*. Un présentateur érudit introduit la séance et un débat suit la projection. Une vraie ambiance de ciné-club, avec distribution de fiches ronéotypées à l'entrée que j'ai longtemps gardées comme un trésor. Depuis, je les cherche partout, en vain.

Je ne connais pas encore le nom de cette nouvelle maladie contagieuse que nous venons d'attraper : la cinéphilie. Le vendredi soir, après *Apostrophes*, nous enchaînons avec le *Ciné-club* de Claude-Jean Philippe ; nous passons les dimanches soir scotchés devant *Le Cinéma de minuit* de Patrick Brion. Nous mettons les bouchées doubles.

Lorsque nous découvrons *Les Quatre Cents Coups* de Truffaut, qui se déroule autour de la place Clichy, je m'étonne par comparaison de notre obéissance. Nous aurions pu, comme Antoine Doinel, mentir, sécher le collège, fuguer, fumer, commettre de petits méfaits. Ils l'auraient bien cherché. Nous aurions pu grimper aux rideaux, nous droguer, foirer nos études, avoir des comportements à risques, casser la porcelaine, pire. Nous étions trop anesthésiés pour ça. Nous sommes, hélas, restés raisonnables.

Comme j'ai peur d'oublier les titres des films que nous voyons, je les note sur un carnet, ainsi que le nom du réalisateur. Je viens de le retrouver miraculeusement. Je l'ai commencé en mai 1973, à dix-sept ans. J'ai triché en ajoutant quelques titres de films vus les années précédentes. Cela commence par les films que Flo m'a poussé à voir avec elle : *Le Messager* de Joseph Losey, *Deep end* de Jerzy Skolimowski, *Deux Anglaises et le Continent* de Truffaut, *Sacco et Vanzetti* de Giuliano Montaldo. De mon côté, je lui ai proposé *Les Chiens de paille* de Sam Peckinpah, dont la violence l'a mise mal à l'aise. Tous ces films sont sortis en 1971. Je retrouve dans cette liste établie rétroactivement : *Family Life* de Ken Loach, *Harold et Maude* de Hal Hashby, *État de siège* de Costa Gavras (1972), *L'affaire Mattei* de Francesco Rosi (1972), *Bananas* de Woody Allen (1971), *2001 : L'Odyssée de l'espace*, de Stanley Kubrick (1968) et un film que j'ai totalement oublié : *Images* de Robert Altman (1972) – ce que j'en lis me donne très envie de le revoir.

J'ai l'intuition que ces films constituent un terreau pour retrouver ma sœur, même si leurs souvenirs s'estompent. Je regrette d'avoir arrêté en 1977. Mais cette année-là, Flo et moi n'allons plus guère ensemble au cinéma. Mon carnet s'achève sur quelques films dont *Baxter, Vera Baxter*, de Marguerite Duras (la musique de Carlos d'Alessio à base de flûte indienne sur des plans d'une grande plage de Normandie), *Trois femmes* d'Altman (aucun souvenir), et *La Tête de Normande Sainte-Onge* de Gilles Carle – impossible d'oublier le visage et l'accent québécois de Carole Laure. C'est le début du cinéma sans Flo.

Je garde pourtant inscrite dans ma rétine cette image persistante où nous faisons la queue devant un cinéma sous un ciel pluvieux, à Paris. Nous goûtons l'attente avant la plongée dans le noir. Deux heures plus tard, nous émergeons de la caverne. Nous sortons en silence. Nous avons du mal à retrouver la réalité. La pluie a cessé. Je ne t'ai pas chassée du cadre. C'est toi qui t'es retirée du film.

Noël 1973, nous sommes en terminale, nous filons à Londres, juste après le premier choc pétrolier, avec une amie plus âgée. Notre premier voyage à l'étranger. J'ai seize ans et Flo, dix-sept. Les grands magasins et les boutiques de Carnaby Street sont éclairés par des lampes à gaz. Londres a une allure de fin du monde et une odeur de liberté. Nous découvrons la cuisine indienne et *Le Lauréat* en version originale. Nous chantons *Mrs Robinson* en courant dans la rue, nous faisons le plein de disques.

Pour nos notes du bac français, notre grand-père paternel nous offre à chacun un Solex. La marque vient de sortir des modèles en couleurs qui renouvellent le vélomoteur noir réservé aux étudiants et aux ecclésiastiques. Flo choisit l'orange, et moi le blanc. Je soupçonne cette génération de Solex, un peu plus ramassés que leurs aînés, d'être moins résistante. Le Solex incarne la liberté sans la vitesse. Nous adorons rouler dans Paris la nuit. J'aime prendre le boulevard circulaire de la Défense. En 1974, la circulation y est fluide et j'atteins des vitesses stratosphériques en bas de l'immense descente. On ne porte pas de casque à l'époque. Flo s'interdit cet exercice. Elle est prudente, elle tient à la vie.

C'est mon itinéraire en rentrant de la fac de Nanterre où nous sommes partis étudier, Flo en sciences éco, moi en droit. Mon père s'installe chez sa nouvelle compagne. Il nous laisse l'appartement familial, il passe une fois par semaine déposer un peu d'argent, prendre son courrier et de nos nouvelles. La liberté, plus le confort. J'en profite. La maison s'anime. J'amène mes copains et mes copines.

Noël 1975. Maric et Guy nous embarquent pour deux semaines en voiture jusqu'en Grèce, en traversant l'Autriche et la Yougoslavie et en rentrant par l'Italie. Maric et Guy sont à l'avant de la Golf ; Flo, ma copine Régine, et moi à l'arrière. La Grèce vient de se débarrasser des colonels. J'ai gardé le film intact en moi. L'atmosphère est joyeuse et festive, malgré la saison. Nous dormons dans les auberges de jeunesse ou dans des pensions. La première taverne à Larissa, Olympie sous le givre, les oliviers de Delphes, des éblouissements intenses. Flo ne dit rien : la présence de Régine l'embarrasse. Elle se recroqueville contre la portière. Tout le monde le sent.

Maric et Guy font diversion. Je préfère me souvenir du grand soleil de Nauplie qui réchauffe nos corps. Flo se tait : entre elle et moi, quelque chose se fracture.

Flo va mal. Elle est triste, elle se renferme, où est passée la jeune fille pétulante, elle s'engonce, elle pleure, ne dit plus rien, une déception amoureuse, ça arrive, il y a autre chose. Chaque fois que je fais un effort pour trouver une explication, je revois son visage qui ne demande qu'à vivre et n'y arrive pas. Ses appels au secours restent muets. Elle me fait peur. Je ne sais pas l'aider. Je culpabilise de mon impuissance et je me protège, je dois sauver ma peau. Je ne veux pas me laisser emporter avec elle. C'est ce que je pressens à l'époque sans oser le formuler.

Une vieille chanson de Polnareff me revient en tête. Elle date de 1966. Flo a onze ans. Elle l'a découverte plus tard. Au début des années 70, elle se passe et repasse le 45 tours qui appartenait à notre sœur aînée. Je la retrouve sur Internet.

Love me, please love me,
Je suis fou de vous
Pourquoi vous moquez-vous
Chaque jour
De mon pauvre amour ?
Vraiment, pourquoi prenez-vous tant de plaisir
À me voir souffrir ?

Flo aime la mélodie, la cascade de piano qui ouvre la chanson et cette voix de dingue de Polnareff avec ses aigus suraigus. Pour la première fois, je fais attention aux paroles. Cette fois, il ne s'agit pas d'une occasion manquée, mais d'un échec amoureux.

Si j'en crois votre silence
Vos yeux pleins d'ennui
Nul espoir n'est permis
Pourtant je veux jouer ma chance
Même si, même si
je devais y brûler ma vie
Vraiment, pourquoi prenez-vous tant de plaisir
À me voir souffrir ?

10. *'Til I finally died, which started the whole world living*

Quand j'ai posé le disque de Beaucarne sur ma platine, j'étais poussé par un instinct, sans doute de la curiosité, un besoin de retrouvailles. Pour une fois, mon souvenir était exact. Une chanson comme *Je ne songeais pas à Rose*, c'est doux, ça trimballe, ça va, ça vient, ça réveille, ça picote, ça fait du bien. C'est la magie Beaucarne. Elle ne se périme pas contrairement à d'autres chansons qu'elle écoutait, celles d'un François Béranger, par exemple, ou d'une Catherine Ribeiro, ex-actrice chez Godard devenue chanteuse libertaire enragée qui hurlait sur les accords puissants du groupe Alpes :

Oh donnez-moi, donnez-moi, dix hommes désespérés.

Je te vois penchée par-dessus mon épaule, lisant mon texte à l'écran et corrigeant mon erreur :

– Ah, non, Ribeiro, c'est un disque à toi.

– T'es sûre ?

La Taureau n'aimait pas tant que ça le son de la révolte. Elle préférait la douceur qui enrobe.

Ces disques sont arrivés plus tard. Ce n'est pas à eux que je songe. Je me projette en arrière dans le temps, je reviens à ce qu'elle écoutait et que nous écoutions ensemble, pendant les années lycée, dix ans plus tôt. C'est cette Flo-là que je veux retrouver.

Elle est à Racine, moi à Condorcet. Nous sommes assis sur le parquet de la chambre de Flo, quelques 33 tours éparpillés devant le tourne-disque. À même le sol trône le magnéto K7 Philips sur lequel nous enregistrons les disques qu'on nous prête. Il faut garder le silence car le magnétophone enregistre au micro et capte tous les sons. Si un importun entre à l'improviste ou si le téléphone sonne, patatras, tout est à refaire.

La musique nous nourrit quand nous l'écoutons. Elle nous reconstitue quand nous nous en souvenons. Elle a des vertus consolatrices et transcende la mort, on aime à le croire et on s'en saoule : j'en ai beaucoup écouté, parfois en boucle, dès qu'un morceau me faisait l'effet d'un plaid. Les chansons, elles, laissent des traces invisibles qui ne demandent qu'à se réveiller. Elles réactivent la mémoire : je l'éprouve avec Flo. Il suffit d'une mesure, d'un accord de guitare, d'une attaque de voix. Je rêve d'un livre qui serait accompagné de sa bande originale. Ce ne serait pas du cinéma, car il n'aurait pas d'images animées, ni de la littérature qui se passe de musique.

Je fouille dans les chansons que nous écoutions ensemble. Je suis alors plus rock et musiques andines avant d'aller vers le jazz. Elle reste pop et chanson française. Le tourne-disque et le magnéto K7 sont dans sa chambre.

Je commence à griffonner quelques titres, sans souci de hiérarchie. Je fouille sur Internet. Je m'amuse de ce que je retrouve. Parfois, je n'ai que le souvenir du dessin d'une pochette. Des sons reviennent grâce aux plateformes numériques. Je les classe par date sur une décennie – je m'arrête en 1976. Des choux et des carottes. Du très bon, de l'éternel, du daté et du nanar. J'en ris. Je refuse de trier et de hiérarchiser. C'est sa playlist des années lycée, elle déborde un peu sur les années fac, peut-être y ai-je glissé des morceaux que j'aimais plus qu'elle. Nous avons découvert la plupart d'entre eux avec un temps de retard. Certains venaient de notre sœur aînée.

Stewball, version de Hughes Aufray, 1966
Il faut que je m'en aille, Graeme Allwright, 1966
Nights in White Satin, Moody Blues, 1967
L'Estaca, Lluís Llach, 1968
Suzanne, Leonard Cohen, 1969
C'est extra, Léo Ferré, 1969
Looky, Looky, Giorgio, 1969
Wight is Wight, Michel Delpech, 1969
Daydream, Wallace Collection, 1969
Whole Lotta Love, Led Zeppelin, 1969

Let it be, Beatles, 1970
In the Summertime, Mungo Jerry, 1970
Cecilia, Simon and Garfunkel, 1970
L'Amérique, Joe Dassin, 1970
Instant Karma, John Lennon, 1970
My Lady d'Arbanville, Cat Stevens, 1970
What have they done to my song, Ma?, Melanie, 1970
La Suite des montagnes, Alan Stivell, 1970
My Sweet Lord, George Harrisson, 1970
Imagine, John Lennon, 1971
Que je t'aime, Johnny Halliday, 1971
Here's to you, Joan Baez, 1971
San Francisco, Maxime Le Forestier, 1972
Tous les bateaux, tous les oiseaux, Michel Polnareff, 1972
Walk on the Wild Side, Lou Reed, 1973
La Bonne Franquette, Herbert Pagani, 1974
Quand les hommes vivront d'amour, Charlebois, Vigneault, Leclerc, 1975
Porque te vas ?, Jeanette, 1976.

Il y a des trous dans la maille, j'en suis sûr. Ma mémoire musicale est sujette à caution. Il faudrait ajouter tout en haut de sa liste quelques 33 tours : *Sergent Pepper's* des Beatles, les doubles bleu et rouge, et le blanc, *Ferrat chante Aragon* qu'elle adorait, les deux premiers disques de Moustaki, l'album *Songs from a Room* de Leonard Cohen, des chansons de Bernard Lavilliers, que je connais moins bien. Flo adorait la Québécoise Pauline Julien. Elle écoutait aussi les disques de Francisco Montaner qui avait mis en musique les poèmes de Lorca, Machado, Nicolás Guillén et de bien d'autres poètes de langue espagnole – des chansons aujourd'hui introuvables sur les plateformes de streaming. J'ignore qui lui a fait découvrir ces merveilles. Le *Köln Concert* de Keith Jarret (1975) nous donnait des frissons. Sans oublier les œuvres complètes de Julos Beaucarne, son chanteur fétiche.

Elle vivait dans ces musiques. L'exercice peut être poursuivi à l'infini. Il a ses limites. Qu'est-ce que cette litanie raconte d'une adolescente ou d'une jeune adulte ? J'ai du mal à imaginer Flo en dehors du temps passé côte à côte, de ce que nous avons vu et de ce que nous avons écouté ensemble. À partir de ces traces sonores, impossible de construire un récit. Il y a tout un pan de sa vie que j'ignore.

Il me faut du temps pour retrouver les Bee Gees et leur tube *I Started a Joke*. Couleurs acidulées ; voix lisses et planantes ; chœurs plats et, il faut bien le reconnaître, assez pauvres. Cette chanson et d'autres, dont je ne comprenais pas le sens, ont tissé le tapis musical sur lequel nous nous allongions en regardant le plafond, Flo et moi.

En quelle année écoutons-nous ce que je prends alors pour une confiserie et qui servira plus tard de bande-son pour la publicité d'une compagnie aérienne, me semble-t-il ? J'ai perdu l'éphéméride. Vérification faite, *I Started a Joke* est sorti en 1968. Sans doute l'avons-nous passé, repassé et repassé encore un peu plus tard dans la première moitié des années 70. De cette époque, tout est flou, se mélange, se superpose, dates, émotions, chansons.

Bien plus tard, j'ai découvert l'album *Pets Sounds* des Beach Boys qui date pourtant de 1966. En écoutant les Bee Gees, nous n'étions pas synchros avec ce qui se faisait de mieux. Je m'agaçais de voir Flo aimer ça mais à force de l'écouter, l'air entrait en moi. J'y prenais un plaisir coupable. Je n'ai jamais cherché à en comprendre les paroles, comme beaucoup d'autres. Le son me suffisait. Il avait quelque chose de matelassé. Je découvre sur YouTube la version de 1969 : le visage du chanteur Robin Gibb, avec sa voix venue du cosmos, ses favoris, son allure de marquis perruqué, ses dents en avant, son col de chemise amidonné et son large nœud de cravate, incarne la version propre de la pop jusqu'au bout des ongles.

I started a joke, which started the whole world crying,
But I didn't see that the joke was on me, oh no.

J'ai voulu faire une plaisanterie, qui a mis en pleurs le monde entier,
Mais je n'ai pas compris que c'était de moi qu'on riait, oh non.

I started to cry, which started the whole world laughing,
Oh, if I'd only seen that the joke was on me.

Je me suis mis à pleurer, ce qui a fait éclater
de rire le monde entier,
Oh, si seulement j'avais compris que c'était de
moi qu'on riait.

*I looked at the skies, running my hands over my
eyes,
And I fell out of bed, hurting my head from things
that I'd said.*

J'ai regardé le ciel, me passant la main sur les
yeux
Et je suis tombé du lit, me tapant la tête à cause
des choses que j'avais dites

*'Til I finally died, which started the whole world
living,
Oh, if I'd only seen that the joke was on me.*

Jusqu'à ce que finalement je meure, ce qui
permit au monde entier de vivre
Oh, si seulement j'avais compris que c'était de
moi qu'on riait.

Combien de chansons avons-nous aimées sans comprendre leur sens ? Flo était meilleure en anglais que moi. Je découvre que *I Started a Joke* a été écrite comme un mystère que les auditeurs devaient interpréter. Je ne comprenais pas ce que j'écoutais, tout en ressentant sans la verbaliser la cruauté de la chanson.

L'avant-dernière phrase me pousse dans mes retranchements. Il m'est arrivé de le penser : Flo est morte pour se charger de tous les maux de la famille, les emporter avec elle, et nous permettre de vivre. Il m'a fallu du temps pour me défaire de cette idée de sacrifice.

11. *Y tú vendrás marchando junto a mí*

Lors de mes fouilles archéologiques, je tombe sur une photo de presse collée sur une feuille blanche, glissée à la fin d'un classeur. Je l'ai découpée dans la une de *L'Humanité* du 24 avril 1976. Des rangées d'étudiants avancent tranquillement lors d'une manifestation contre la réforme des études universitaires. Flo est reconnaissable ; mon visage se perd dans le pli du journal. Un manifestant portant une banderole de l'Unef s'est glissé derrière nous et le photographe de *L'Huma* nous a piégés. Le traître. Nous voilà enrôlés sous une bannière qui n'est pas la nôtre. Elle a vingt et un ans, moi vingt. Nous avons beaucoup marché ce printemps-là.

Malgré la fatigue du papier et la mauvaise définition de la photo, je reconnais les visages sans avoir besoin d'une loupe. Flo porte un gros gilet en laine beige, j'ai enfilé la veste en velours noir qui me vient de mon arrière-grand-père. Elle et moi portons un foulard autour du cou. Nous avons tous les deux une belle tignasse. Nous sommes en pleine discussion. Les amis de Flo ne sont pas là. Où sont-ils passés ? Pourquoi n'est-elle pas avec eux ? Que sont-ils devenus ?

Je n'ai guère d'images de cette période en dehors de diapos de voyage que je ne regarde jamais. J'en suis réduit à ma seule mémoire et celle-ci a perdu sa netteté. Je ne distingue pas toujours ce que j'ai vécu de ce que j'avais envie de vivre, comme si, dans ces années 70, rêve et réalité s'entremêlaient. Je ne fais pas la part des choses entre ce qui relève de notre jeunesse et ce que nous devions à l'époque. Enfin, l'expérience de Flo et la mienne se superposent : j'ai du mal à les dissocier.

À l'été 76, quelques mois après ce printemps étudiant, nous partons en bande en Grèce, en train jusqu'à Brindisi, puis en bateau pour Patras. Avec Flo, c'est notre deuxième voyage de l'année en Grèce et notre premier « été grec. » Le livre de Jacques Lacarrière qui raconte ses marches dans la Grèce des années 50 vient de paraître : il nous sert de guide. Nous marchons sur ses pas en arpentant des chemins de traverse, en expérimentant l'acoustique du théâtre d'Épidaure, en dormant à la belle étoile sur une aire à battre le blé à Vori, petit village crétois, en partageant le café du matin et une assiette d'olives avec les propriétaires, en se baignant à la nuit tombante dans la mer de Libye, sur la plage sauvage d'Agia Roumeli. En buvant les carafes de vin blanc que de vieux Grecs nous offrent dans une taverne de Syros et en leur rendant la pareille avec une tournée générale d'ouzo jusqu'à plus soif, nous avons l'illusion de vivre intensément. Ma copine de l'hiver n'est plus là. Flo n'en est même pas soulagée.

Je suis, tu es, nous sommes en permanence tenaillés par un irrépressible désir d'amour, d'une envie de bouger, de parcourir la France en 2CV. Nous sommes affamés de voyages, de livres et de films. Au cours de la première moitié des années 70, avec Flo, nous hantons les rayons de La Joie de Lire, rue Saint-Séverin, et les salles de cinéma du Quartier latin. Avec mes amis, au cours de la seconde, nous parcourons les places de Rome et de Barcelone, les allées de la Cinémathèque et des cinémas Action. À l'annonce de l'été, nous avons rendez-vous devant la grande scène de la fête du PSU.

Encore une fois, j'écrase les dates, j'empile les images, les unes et les autres sont floues. Je ne suis pas historien et ma mémoire est en vrac.

Tout s'entrechoque : l'envie d'embrasser le monde, de partir à sa découverte et de le bousculer ; le poids d'une histoire tissée de manques et de fêlures, avec la conscience de ce mal-être qui l'accompagne, l'envie de s'en débarrasser et la difficulté à y parvenir. Paul Nizan a tout dit sur ce grand écart dans les premières lignes *d'Aden Arabie*. « J'avais vingt ans. Je ne laisserai personne dire que c'est le plus bel âge de la vie. Tout menace de ruine un jeune homme : l'amour, les idées, la perte de sa famille, l'entrée parmi les grandes personnes. Il est dur d'apprendre sa partie dans le monde. » Nous dévorons *La Conspiration*, roman qu'il écrit en 1938. Nizan nous parle malgré l'éloignement des époques.

Une pulsion de vie nous met en mouvement. Je parle à la première personne du pluriel comme si Flo et moi pensions et agissions de la même façon. Je crains de lui prêter des idées et des pensées.

Deux ans, plus tôt, en juillet 1974, un événement nous fait un peu grandir. Flo a vingt ans, moi dix-huit. Giscard vient d'être élu président. Il abaisse la majorité de vingt et un à dix-huit ans. Au passage, il nous offre le droit de vote. Nous devrons attendre les municipales de mars 1977 pour l'étrenner. En ce qui me concerne, ce sera avec trois mois d'avance seulement sur mes vingt et un ans. En attendant, cela ne nous empêche pas de batailler dans la rue contre les réformes universitaires de Giscard dont j'ai oublié le contenu. Un prétexte pour rejeter cette France de droite qui veut s'affranchir de l'esprit de la

Résistance tout en se ripolinant d'un vernis de modernité.

Je découvre la légèreté, l'insouciance même, à l'occasion d'une ballade à mobylette, d'un voyage en stop ou d'un rendez-vous avec une amoureuse. Je suis certain que Flo est dévorée par les mêmes désirs, qu'elle sent les portes et les fenêtres s'ouvrir en grand, qu'elle les voit, qu'elle s'en approche. Pourtant, je devine qu'une force intérieure la retient, l'empêche de sauter à pieds joints dans la vie. Ce nœud qui l'entrave, je le ressens aussi même si je n'ai pas de mots à mettre dessus. Je m'en détache. Pas elle. Pourquoi, à l'heure où les nuages s'éloignent, Flo glisse-t-elle imperceptiblement dans le gris ? À quel moment, confrontée à la liberté, n'en a-t-elle pas trouvé l'usage ?

Le printemps 73 est chaud. Flo est au Lycée Racine, moi à Condorcet. La mixité n'existe pas encore à Paris. La gare Saint-Lazare sépare nos terrains de vie. La loi Debré vient d'entrer en vigueur : elle supprime le sursis du service militaire pour les étudiants au-delà de vingt et un ans. La disposition paraît aujourd'hui anodine. Nous la voyons comme une reprise en mains de l'armée sur nos vies. Inacceptable. Comme la grande majorité des lycéens, je suis antimilitariste par réflexe, par intuition et par principe. L'armée comme les Compagnies républicaines de sécurité incarne la forme la plus bête de l'autorité. Que j'aie changé d'avis depuis ne change rien à l'affaire.

Deux ans plus tôt, en février 1971, je suis en seconde au lycée Condorcet, une manifestation du Secours rouge, place de Clichy, à deux pas de la rue des Batignolles où nous habitons, fait un blessé grave. Un étudiant perd un œil après avoir reçu un jet de grenade en pleine tête. Je me souviens de son nom : la photo de son visage énucléé a été placardée sur tous les murs du quartier. Mais j'ai oublié que la victime, Richard Deshayes, militant de Vive la Révolution, avait publié peu de temps avant un manifeste de la jeunesse : *On n'est pas contre les vieux, mais contre ce qui les fait vieillir*. Ce titre nous parle. Lors de la même manifestation, un lycéen, Gilles Guiot, un élève sérieux de classe préparatoire est arrêté alors qu'il sort de Chaptal, sur le boulevard des Batignolles. Violenté par des policiers, il est condamné à six mois de prison dont trois ferme. Il sera finalement libéré. Entre-temps, le premier mouvement lycéen de l'après-68 a vu le jour. Flo a seize ans et moi quinze. Nous restons à l'orée de la prairie. Mais j'entends le grondement qui enfle dans la grande cour du lycée. J'ignore ce qui se passe à Racine.

Puis la loi Debré achève de transformer le gymnase de Condor en agora. Je suis en terminale. Les AG succèdent aux AG. La Ligue communiste est aux avant-postes. Michel Field en est le porte-parole. Je découvre un monde qui m'intrigue, me fascine, me parle, même si je m'arrête à la porte. Je rejoins le mouvement dès qu'il sort dans la rue. Il faut en être pour se sentir vivant.

Flo est choquée par la violence policière. Je n'en sais guère plus. Les filles sont moins concernées par le service militaire, si ce n'est par solidarité. Je ne me souviens pas de sa présence aux manifs. Elle s'engage autrement : dans le cercle familial, contre la domination masculine.

Son combat est d'abord domestique. La figure du père concentre ses flèches, même si elle ne lui dit rien en face. Elle lui accorde des circonstances atténuantes. Elle me le dira dans sa lettre. À sa manière, elle le protège, elle le préserve, elle l'épargne. S'en rend-il compte ?

Pas besoin d'être militant pour comprendre que le service militaire est du temps volé sur la vie et un apprentissage forcé de l'autorité. Ce que nous exécrons le plus, avec le port de l'uniforme. On veut nous enrôler ? Eh bien, nous marchons sur le pavé parisien. Un étrange sentiment collectif nous habite peu à peu : celui d'appartenir à une génération ou plutôt à un collectif plus grand que nous. Pourtant, tellement de choses nous séparent les uns des autres.

Je me souviens d'un slogan : « Cinq ans déjà, coucou nous revoilà ». D'autres sont moins glorieux : « Debré, ah si ta mère avait connu l'avortement ». Quelques mois plus tard, un autre prend le relais : « Et hop Debré, plus haut que Carrero ». On ne les crie pas sans gêne, on hésite, on finit par les reprendre.

Carrero Blanco, Premier ministre de Franco. Le 20 décembre 1973, il sort d'une messe lorsque sa Dodge explose sous l'effet d'une bombe de soixante-quinze kilos déposée dans un tunnel sous la voie par l'ETA, propulsant le véhicule par-dessus la maison jésuite qui jouxte l'église Saint-François-de-Borgia, à Madrid. Bilan : trois morts : le Premier ministre, un militaire et le chauffeur. Ce terrorisme assassin nous impressionne, nous heurte même. Mais nous sommes antifranquistes et nous ne voyons dans l'ETA qu'un adversaire de Franco. Si nous avons des doutes sur la méthode, la réponse de l'adversaire nous conforte à chaque fois.

Trois mois plus tard, un soir de mars 1974, Flo et moi allons écouter le chanteur catalan Lluís Llach à l'Olympia – nous assistons à tous ses concerts parisiens. La veille, nous avons appris l'exécution d'un militant anarchiste catalan, Salvador Puig Antich, condamné pour le meurtre d'un policier. Franco a rejeté la grâce. Puig Antich est garrotté dans la cour de la prison provinciale de Barcelone, malgré les manifestations et les protestations. Je vois mon père, sincère homme de gauche et antifranquiste viscéral, pleurer en entendant l'information au journal de 20 heures. La salle est à fleur de peau. Des slogans fusent. La chanson a ses limites. Le concert prend des accents colériques. À la sortie, une manifestation s'improvise. Il est question de marcher sur l'ambassade d'Espagne. Je revois parfaitement la scène. Je brûle d'y aller. Je ne sais pas ce qu'en pense Flo. Je me retourne sur le boulevard des Capucines, je la cherche. Elle se tait. Elle hésite. Elle est floue dans la nuit. Nous rentrons à la maison.

Quelques mois plus tôt, en septembre 1973, j'ai dix-sept ans. Je fais les vendanges dans la famille de ma mère, dans l'Hérault. Un jour, à midi, comme tous les jours, nous déjeunons dans la cuisine. La radio est allumée. Un flash annonce le coup d'État à Santiago, la prise du pouvoir par Pinochet et la mort de Salvador Allende. C'est le début d'une répression sanglante. C'est une déflagration. Je pense sur-le-champ à la guerre d'Espagne qui a hanté ma jeunesse par mes lectures et les récits que m'a faits mon grand-père de l'accueil des réfugiés. Une armée fasciste, celle-là avec le soutien des États-Unis, contre un pouvoir républicain légitime. J'ai suivi de loin les soubresauts du gouvernement Allende. Son assassinat, celui de Víctor Jara, les milliers d'autres me révulsent. On comptera plus de dix mille disparus et deux cent cinquante mille exilés. Je ne sais où est Flo ce jour-là.

Je me souviens d'un concert à l'Olympia de Quilapayun et Inti-Illimani auquel nous assistons au printemps 1974. Les deux groupes chiliens sont en tournée en Europe quand le coup d'État éclate. Au cours du concert, des muralistes chiliens réalisent en direct une fresque sur le mur du fond de la scène. L'émotion est à son comble. Je vois Flo à mes côtés reprendre debout et le poing levé :

> *De pie, cantar, que vamos a triunfar.*
> *Avanzan ya banderas de unidad*
> *Y tu vendrás marchando junto a mí*
> *Y así veras tu canto y tu bandera florecer.*
> *La luz de un rojo amanecer*
> *Anuncia ya la vida que vendrá.*

Debout, chantons que nous allons triompher.
Ils avancent déjà, les drapeaux de l'unité,
Et tu viendras, marchant à mes côtés,
Et ainsi tu verras fleurir ton chant et ton drapeau.
La lumière rouge d'un lever de soleil
Annonce déjà la vie qui viendra.

El pueblo unido jamás será vencido.

J'arrête pourtant d'écouter les Quilapayun, toujours en ponchos noirs, que je juge trop proches du Parti communiste. Flo les aime bien. J'écoute encore Inti-Illimani, alors vêtus de ponchos rouges, qui ont redonné vie au répertoire de Violeta Parra et à une musique andine abîmée par de mauvais traitements.

Flo commence à acheter *Rouge*, le quotidien de la Ligue communiste révolutionnaire, qu'elle juge plus sérieux que *Libé* qui a mes faveurs. Nous nous retrouvons dans *Charlie Hebdo*, dans les dessins de Cabu et plus encore ceux de Reiser.

En quelques mois de 1973, entre la découverte de la philo en terminale et l'entrée en fac, l'histoire s'accélère sous nos yeux. Le 18 avril sort le premier numéro de *Libération*. Au même moment, naît le MLAC, Mouvement pour la liberté de l'avortement et de la contraception et démarre la grève des ouvriers de Lip contre le bradage de leur entreprise de montres et le licenciement de quatre cent quatre-vingts personnes. Le 21 juin, devant la Mutualité, la Ligue communiste s'affronte très violemment à la police qui protège un meeting anti-immigrés d'Ordre nouveau. Les deux organisations sont dissoutes. En août, cent mille personnes venues de tous les horizons de la contestation se rassemblent sur le plateau du Larzac contre l'extension du camp militaire. Mi-septembre, cent mille personnes marchent à Besançon en soutien aux Lip. Nous restons à distance. Mais nous pressentons qu'il se passe quelque chose d'inédit. Flo partage la cause des femmes dans sa tête.

À la fac de Nanterre où nous entrons en octobre 1973, chacun est absorbé par ses études, ses nouveaux amis, son territoire. Être à Nanterre n'était pas un choix politique, juste l'effet de la sectorisation des universités. Les rejetons des quartiers bourgeois de la rive droite rejoignent les enfants des villes cossues de l'Ouest parisien et les rares jeunes qui sortaient des villes ouvrières des Yvelines et des Hauts-de-Seine… Les uns et les autres se côtoient sans se mélanger. C'est là qu'en 1978 je rencontre Hamama. Je la retrouve dans sa petite chambre de la cité U, où elle a trouvé refuge aux côtés d'étudiants africains reclus au fonds du campus.

On se croise, Flo et moi. Chacun vit sa vie. Je ne la vois guère ni à la fac ni en dehors alors que nous partageons le même appartement. Pourquoi le silence s'installe-t-il ? Dans l'appartement familial, nos chambres ont toujours été voisines. Faut-il tout mettre sur le compte de la différence de sexe ou de place dans la fratrie, ou simplement de rencontres et de circonstances ?

Flo et moi suivons un cours accéléré de formation théorique. Nous sommes affamés de marxisme, découvert en terminale. Flo se passionne pour les travaux de l'économiste

Jacques Valier, trotskyste mais surtout grand spécialiste de l'histoire de la pensée économique. Notre approche reste intellectuelle. Nous nous tenons éloignés de la déclinaison politique du marxisme, la radicalité et la violence des paroles nous empêchent. Nous nous méfions des organisations ; nous craignons d'être broyés ; sans doute souffrons-nous aussi d'un déficit d'engagement. Trop individualistes, nous préférons nous goinfrer de films. Nous restons spectateurs. Cela ne nous empêche pas, en deuxième et troisième années de fac, de passer plus de temps en AG, en piquets de grève ou sur le pavé parisien qu'en cours – et encore, peut-être ce souvenir est-il trompeur. Nous appartenons à la masse du mouvement étudiant, un pied dedans, un pied dehors.

Nous rêvons de changer le monde et nous nous battons pour le report des dates des partiels. Tout est remis en cause, même le sport. J'abandonne le rugby. Je ne suis pas assez guerrier, je déteste l'autorité et les contraintes, et je ne supporte plus les gueulantes des entraîneurs. Un traumatisme crânien me sert de prétexte. Je me souviens être parti à l'hôpital en emportant avec moi *L'histoire de la folie,* de Michel Foucault, à laquelle je ne comprenais pas grand-chose. Je revois mon père lever les yeux au ciel en découvrant le contenu de mon sac.

Toute la palette des idées politiques est présente à Nanterre. On peut faire son marché. Chez les trotskystes, il n'existe pas moins de quatre ou cinq chapelles principales qui se revendiquent de la Quatrième Internationale et au moins le double chez les maoïstes qui s'approprient avec des variantes infinies le vocable marxiste-léniniste, depuis les maos-spontex de *La Cause du Peuple* jusqu'aux zélateurs rigides des Gardes rouges. Sans compter les autogestionnaires du PSU, dont nous nous sentons le plus proches, les anarchistes, les mouvements des femmes, les premières organisations écolos, les collectifs Larzac ou Les Amis de la Terre. Les uns et les autres passent le plus clair de leur temps dans des querelles intestines et à faire scission. Ce microcosme vivant, dogmatique et hâbleur, anime le très long hall de la fac de lettres. Tout le monde y a rendez-vous, se dispute, colle ses affiches sur celles des autres, les petits commerces illicites tournent bien, tout ça au milieu de quelques faux Indiens drapés qui ânonnent « Hare Krishna » en tapant sur leurs tambourins.

Nous partageons les idées antimilitaristes, anti-impérialistes, anticapitalistes. Ce ne sont pas des mots : la guerre du Vietnam nous révolte autant par les Vietnamiens brûlés au napalm que par la mort des jeunes GI à peine plus âgés que nous. L'action de l'United Fruit Company en Amérique centrale, des conglomérats nord-américains en Amérique du Sud et de la CIA qui font et défont les gouvernements démocratiques nous ulcère. Le soutien des États-Unis aux militaires grecs nous répugne. L'apartheid en Afrique du Sud nous fait boycotter ses oranges.

Quant au réalisme bon teint et aux vestons des Jeunesses socialistes pressées d'arriver aux portes du pouvoir, ils ne font pas rêver. Il faudra attendre 1981, la découverte du monde du travail et l'arrivée de la gauche au pouvoir pour nous assumer comme réformistes. Changer vraiment la vie semble à portée de main. Pourtant, le soir du 10 mai, à 20 heures puis à la fête à la

Bastille, j'ignore où est Flo. Je ne m'en inquiète pas.

En attendant, nous regardons de loin l'éclosion de la musique punk, le culte du pétard nous est, à quelques joints près, étranger et l'appel à une jouissance sans limites nous paraît inaccessible. Nous feuilletons le magazine *Actuel* avec curiosité ou étonnement.

Qu'on le veuille ou non, nous sommes immergés dans ce grand bazar partagé entre ceux qui veulent « se foutre sur la gueule avec le pouvoir d'État » et ceux qui prônent la route, la musique planante, l'amour libre et la non-violence, entre le cuir des blousons, la raideur des parkas, la lourdeur des rangers d'un côté, et les broderies des tuniques indiennes, les sabots et les vestes bleu de chine de l'autre, entre les odeurs mêlées des gaz lacrymogènes, de la peinture des bombes à graffitis, et celles du henné et du cannabis.

Au milieu de ces collections de postures, la plupart des étudiants de droit et de sciences éco se tiennent en retrait et pensent à leur avenir.

Flo s'inquiète pour le sien. Je suis plus insouciant. J'ai du mal à la suivre. Elle s'éloigne de cette agitation. Plus qu'aux idées, elle s'attache au vécu, à commencer par le sien : c'est lui qu'elle désire révolutionner.

Je me souviens de la projection du film *Histoire d'A*, dans le grand amphi de lettres, bourré comme un œuf, avec service d'ordre et bousculade. Un documentaire sur l'avortement réalisé pour le MLAC, et interdit en 1973 par Maurice Druon, ministre de la Culture. Cette projection mouvementée a certainement eu lieu au printemps 1974, un an avant le vote de la loi Veil. Je ne retrouve pas Flo dans la foule.

Je me souviens de notre enthousiasme à tous les deux, en sortant de la Cartoucherie de Vincennes, après avoir vu *1789* et plus encore *L'Âge d'or*, montés par Ariane Mnouchkine et le Théâtre du Soleil. L'utopie guide les pas de Flo. « La réalité sociale de 1975 nous apparaît comme une mosaïque d'univers inégaux et imperméables les uns aux autres, dont on nous cache le fonctionnement… Pour la raconter, tenter d'en faire comprendre les ressorts, nous choisissons de la recréer par les moyens du théâtre. Nous voulons montrer la farce de notre monde, créer une fête sereine et violente en réinventant les principes de théâtres populaires traditionnels », peut-on lire dans le programme.

Je me souviens qu'en 1976, Flo et moi prenons pour argent comptant *Comment Yu Kong déplaçait les montagnes*, pur film de propagande maoïste signé de deux personnalités respectables, Marceline Loridan et Joris Ivens, et le livre *De la Chine* de Maria-Antonietta Macciocchi, ode aveugle à la Révolution culturelle.

Je me souviens que nous découvrons le voyage au long cours avec un organisme dénommé Le Point Mulhouse, qui démocratise le transport aérien et le promeut comme une ouverture aux autres cultures. Je me souviens aussi que nous nous sommes retrouvés, Flo et moi, dans un bar de Cuzco au mois de juillet 1977 sans avoir fixé précisément le jour, l'heure et le lieu du rendez-vous. Nous voyagions au Pérou chacun de son côté, Flo avec sa bande, moi avec une amie. Nous passons une soirée ensemble. Un an plus tard, nous tombons dans les bras l'un de l'autre sur la plaza de Armas de Merida, au Mexique. Flo voyage avec Maric et Guy, je suis seul. Une nouvelle fois, nous faisons le même voyage, la même année mais à contresens. Nous avons vaguement programmé notre rencontre dans le Yucatán en nous laissant des lettres en poste restante dans les villes où nous passons. Nous finissons par nous croiser par hasard dans la rue sous la pluie. Nous ne sommes pas les mêmes à notre retour. Nous avons changé différemment.

Le meilleur ami de Flo s'appelle Jean-Marc. Il va devenir prof d'éco. Il est homosexuel. Il sera bouleversé par son suicide, il est le seul de ses amis à avoir fait le déplacement jusqu'à Perpignan pour ses obsèques. Je l'aime beaucoup. Il est drôle, caustique, attachant. Il sera emporté par le sida dans les années 80 – je l'apprendrai bien plus tard ; entre-temps, nous nous sommes perdus de vue. Je viens de retrouver dans ma bibliothèque un recueil de ses poèmes édités par Pierre-Jean Oswald, dans la collection « Voix nouvelles », qu'il m'avait offert. Je tombe sur ces vers.

et l'angoisse qui n'en finit plus
fleur sauvage au-dessus des nèfles
guillotine des cadences poétiques

Je me souviens des immigrés algériens qui errent, esseulés, le dimanche, entre la rue Caroline et la rue Abel-Truchet, en face de l'immeuble où nous habitons. Ils attendent la fin de la journée et le retour à l'usine. Je me souviens du livre de Tahar Ben Jelloun, publié en 1977, qui raconte leur vie, *La Plus Haute des solitudes*. Le père d'Hamama, né en 1900, a été l'un d'eux avant-guerre et dans les années 50. La famille, Kabyle de nationalité française, est arrivée en métropole en 1962. Quand je la rencontre, Hamama vient de s'extirper non sans heurts ni crises, non sans mensonges et dissimulations, d'un milieu familial traditionnel, analphabète, pauvre et violent qui assigne les jeunes filles aux tâches ménagères et enferme les jeunes femmes dans le carcan d'un mariage arrangé. Devenue avocate en 1980, elle se bat pour obtenir le renouvellement de leur carte de séjour à de vieux Algériens. Au lieu de manifester pour des idées, elle s'engage au sein du Groupement d'information et soutien des travailleurs immigrés, collectif d'avocats, de dominicains et de conseillers d'État. Elle élargit son combat aux demandeurs d'asile, notamment aux boat people. Elle donne un élan à ma vie. Elle exfiltre les deux nièces qu'elle a élevées. Je suis amoureux d'Hamama et fier de partager ses combats. Elle a quatre mois de plus que Flo, elle fait partie de ma vie depuis 1978. J'ai vécu la fin de ma sœur à ses côtés.

L'une chante, l'autre pas, comme le raconte un film d'Agnès Varda sorti en 1977. Une époque pareille, ça embarque, ça emporte, ça révolte, ça élève, quoi qu'on fasse, ça mène loin. Ça en laisse aussi pas mal sur le carreau. Certains s'y brûlent.

Je me souviens de la gravité ressentie en entendant dans la rue *Le Chant des Martyrs* écrit lors de la révolution de 1905 en Russie.

> *Adieu, camarades, adieu, nobles cœurs,*
> *Adieu, les plus nobles des frères.*

En 1972, nous étions trop jeunes pour assister aux obsèques de Pierre Overney qui partirent de la place Clichy, ce militant de la Gauche prolétarienne abattu à vingt-trois ans par un vigile armé aux portes des usines Renault. Ce *Chant des Martyrs*, je crois pourtant l'avoir entendu sur le pavé parisien, près de la place de République, même si j'ai oublié l'occasion, depuis le trottoir où je regardais des rangs serrés de manifestants, coude à coude, encadrés d'un service d'ordre casqué, le visage ceint d'un foulard rouge. Ai-je rêvé ? Pourquoi est-ce que je reste sur le trottoir ? Nous détestons les uniformes mais certains rêvent d'en porter un nouveau, de défiler en se tenant fermement par les bras avant de faire la guerre aux flics et aux patrons.

Je n'ai pas rêvé : il y eut pas mal de suicides dans la génération des soixante-huitards.

Je me souviens qu'une frange minoritaire a été très proche de la lutte armée avant d'y renoncer, en dehors des irréductibles d'Action directe venus de la mouvance Autonomes, à la différence de l'Allemagne ou de l'Italie où ils furent plus nombreux à basculer dans l'assassinat. Pour beaucoup, la mort de Pierre

Overney marque un coup d'arrêt à une dérive annoncée.

Flo et moi sommes loin de cette comète finissante du gauchisme post-68. Pourtant, elle continue de nous éclairer, par les livres notamment. Je me souviens de la beauté morbide et bouleversante du livre de Pierre Goldman, *Souvenirs obscurs d'un juif polonais né en France*, lu à sa sortie en 1975 et que j'ai prêté à Flo. Goldman raconte son itinéraire de militant issu de parents communistes, résistants à Lyon pendant l'Occupation, jeune exalté parti se radicaliser au Venezuela et dériver vers le banditisme, avant d'être condamné à la perpétuité pour l'assassinat de deux pharmaciennes boulevard Richard-Lenoir, un crime qu'il a toujours nié avoir commis. Il sera jugé une deuxième fois, après cassation pour vice de procédure, et acquitté après une intense mobilisation d'intellectuels. Trois ans plus tard, en 1979, il sera assassiné par des hommes qui échapperont à la justice. Je me souviens avoir suivi ses obsèques, graves et silencieuses, jusqu'au Père-Lachaise. Impossible d'échapper au cliché : j'ai eu le sentiment d'assister à l'enterrement d'une génération et de ses illusions. Près de cinquante ans après, je me demande ce qui pouvait nous fasciner à ce point dans le jusqu'au-boutisme de Goldman.

Je me souviens de la lecture, également partagée avec Flo, de *L'Établi* de Robert Linhart. Cet intellectuel, l'un des leaders de l'Union des jeunes communistes marxistes-léninistes, raconte son engagement après Mai 68 à l'usine Citroën de la porte de Choisy. Il découvre le travail à la chaîne et la vie ouvrière. Le titre de son récit, sorti en 1978, désigne à la fois l'outil de travail de l'ouvrier et la génération d'intellectuels qui s'établirent en usine, souvent par esprit de sacrifice. Quand nous lisons ce récit, qui fut un succès en librairie, nous ignorons que son auteur a fait une grave dépression en 68, avant même son établissement, et qu'il était proche de la folie. Il fera plus tard une tentative de suicide puis restera plongé dans une longue prostration. Il me faut attendre la lecture récente du livre de sa fille, Virginie Linhart, *Le jour où mon père s'est tu*, pour découvrir la vraie histoire de Linhart et la vie des enfants de cette génération.

Je me souviens de *La Cuisinière et le mangeur d'hommes* d'André Glucksmann en 1975 et de celle de *Dans le carnaval de l'Histoire* de Léonid Pliouchtch en 1977 qui finissent de nous dessiller sur la réalité soviétique.

Goldman, Linhart, Glucksmann, tous trois issus de familles juives d'origine polonaise.

Je me souviens aussi que Flo m'a prêté son exemplaire de *Vénus Erotica* d'Anaïs Nin. Peut-être est-ce moi qui le lui ai demandé. A-t-elle ajouté un commentaire ? Entre une sœur et un frère, la pudeur est de mise. Ce recueil de nouvelles consacrées au plaisir féminin, notamment à la bisexualité, est une œuvre de commande. Ces textes ont été écrits par Anaïs Nin en 1940, bien avant *Histoire d'O* et *Emmanuelle*, eux aussi écrits par des femmes, et sont restés longtemps secrets. Ils ont été édités chez Stock en 1978 pour la traduction française. J'ai conservé l'exemplaire de Flo. Je viens de découvrir le texte d'Anaïs Nin qui ouvre ces nouvelles : « En les relisant, bien des années plus tard, je m'aperçois que ma propre voix n'a pas été étouffée. Dans de nombreux passages, j'ai utilisé le langage d'une femme, décrivant les rapports sexuels comme les vit une femme. »

Je me souviens qu'en 1983, on trouve en vente libre en librairie un bouquin intitulé *Suicide, mode d'emploi*, sorti un an plus tôt, qui fournit les recettes des cocktails efficaces pour se supprimer. Le livre fait scandale. Il s'en vend cent mille exemplaires, avant que des procès répétés contre les auteurs et une loi interdisant la provocation au suicide n'aient raison de ce succès. Je feuillette quelques pages sur Internet avant d'être gagné par la nausée. Flo l'avait dans sa bibliothèque. Il est parti en premier à la poubelle.

La vraie énigme est que je connaisse si peu sa vie amoureuse alors que nous partagions le même appartement. Je ne voyais rien. Elle était embarrassée quand j'amenais une amie à la maison. Elle vivait pourtant en bande. Ses tentatives se soldaient par des échecs. Elle ne s'est pas confiée à moi en dehors de sa lettre : elle me parle d'un étudiant qui l'attire mais qui ne l'a jamais su.

Elle s'est dérobée au moment où elle le désirait le plus. Elle se demande ce qui cloche.

Dire que l'époque a essayé de se faire passer pour joviale et festive. Nous vivions à des années-lumière de la libération sexuelle. Avons-nous été jeunes trop tard ? Avons-nous manqué d'audace ? Cette liberté nous faisait-elle peur ? La désirions-nous vraiment ? Je crains qu'elle n'ait concerné qu'une infime fraction de notre génération et que les fantasmes sur la vie communautaire ne l'aient emporté sur la réalité. Flo est alors fascinée par les expériences transgressives d'une amie d'enfance. Claire a rompu avec son milieu au mitan des années 70 pour rejoindre une communauté reichienne (du nom du psychanalyste en rupture de ban, Wilhelm Reich). Cette attirance ne dépasse pas le stade de l'idée chez Flo. Elle n'envisage pas de passer à l'acte et elle n'en a jamais parlé avec Claire. Elle vit par procuration.

Je me pose la question : et si à la fin de sa vie, face à sa difficulté à nouer une relation avec un homme, Flo s'était mise à préférer les femmes ?

Flo n'aspire qu'à l'amour. À défaut, elle s'est persuadée que la solution est d'en vivre plusieurs en même temps. « Pour moi, l'amour et le désir ne sont pas des sentiments que l'on peut avoir pour une seule personne », m'écrit-elle dans sa lettre. Avant d'ajouter : « Plutôt que de voir ses désirs refoulés, il faut savoir choisir mais j'en suis incapable. »

Le revers est une solitude assumée. La perspective lui fait peur. Elle s'en sort en lui donnant un sens politique. Je la vois encore, dans son appartement de la rue des Épinettes, me tenir ce discours en parlant de notre tante : « Marraine a été une féministe avant l'heure. Elle avait subi la domination masculine. Je suis sûre que si elle ne s'est jamais mariée, c'était, consciemment ou non, pour s'en libérer. »

Nos chemins s'éloignent pour de bon au printemps 1980 quand nous quittons l'un après l'autre l'appartement familial. Je m'installe rue du Mont-Cenis, à Montmartre, avec Hamama. Flo prend ses quartiers dans le quartier des Épinettes. Elle passe chez nous. Elle nous reçoit chez elle.

Nous nous voyons aux repas familiaux. Le fossé se creuse. Elle vit de plus en plus mal sa solitude.

La suite est enveloppée dans une brume épaisse.

12. *And I walk through the empty streets*

Il n'aurait fallu
Qu'un moment de plus
Pour que la mort vienne
Mais une main nue
Alors est venue
Qui a pris la mienne

Nous avons grandi au son du disque *Ferré chante Aragon* qui passait sur le vieil électrophone du salon d'Armancourt. Je me souviens de la photo de la pochette coupée en deux, entre le visage d'Aragon sur fond rouge, en surplomb du chanteur, et celui de Ferré sur fond noir.

Il n'aurait fallu qu'un moment de plus. Ce soir-là, Flo eut jusqu'au dernier instant la possibilité d'arrêter le cours des choses. Il suffisait de ne rien faire. La décision ne tenait qu'à elle. Elle aurait pu reculer, s'accorder un sursis, si facile à demander, tellement simple à obtenir. Être indulgente avec elle-même.

Il y avait longtemps que prendre un livre, écouter un disque, regarder un film ne l'apaisaient plus. L'attente d'un coup d'un fil, peut-être, à condition que le téléphone ne tarde pas à sonner et qu'au bout du fil, son correspondant… Mais non, elle n'attendait plus d'appel, elle en avait trop attendu. Aucune main nue n'est venue.

Elle aurait dû se redresser, s'arracher de son lit, se lever et se mettre en marche. Sortir de chez elle. Partir courir le long de la Petite Ceinture ou des Maréchaux. Sans s'arrêter. Tremper son survêtement malgré le froid piquant, sentir sa gorge brûler, son cœur s'essouffler, son thorax s'enflammer. Elle aurait vite fini par perdre le rythme, la respiration, la foulée. Par stopper sa course, pliée en deux. Au moins aurait-elle déchargé ses pensées les plus noires. Elle aurait senti son corps vibrer, elle lui aurait laissé une chance de convaincre l'esprit de ne pas l'entraîner dans sa chute. Flo ne courait qu'après l'amour.

Ou alors elle aurait pu, une fois projetée dans la nuit d'un samedi soir de janvier, marcher la boule au ventre, s'éloigner de son quartier des Épinettes, errer plus loin, remonter l'avenue jusqu'à la place Clichy sans rien voir de ses tristes boutiques, espérer que l'air de la nuit ne la détourne. Il aurait fallu qu'elle évite les Batignolles de son enfance et de sa jeunesse, qu'elle pousse vers le 9ᵉ, vers Blanche, Pigalle, Saint-Georges, Saint-Lazare ou plus loin, vers Opéra, qu'elle passe la Seine, dégote un bar accueillant, à Montparnasse ou sur la montagne Sainte-Geneviève, pousse la porte sans crainte ni honte et une fois attablée, elle aurait côtoyé des oiseaux de nuit. Il lui suffisait de ne rien faire, commander un verre, un sancerre ou un gin-fizz, allumer une cigarette, esquisser un sourire furtif, chercher un regard dans le miroir qui lui fait face, laisser fuir le temps. Peut-être une ou un inconnu se serait-il assis à la table voisine, ils se seraient parlé ou bien se seraient tus, sans doute se serait-elle contentée de regarder. Il aurait suffi qu'elle accepte qu'il ne se passe rien, autorisant sa douleur à s'adoucir.

Dans le tableau d'Edward Hopper, *Nighthawks,* une femme et un homme, côte à côte, un autre homme de dos, sont immobiles au comptoir du Phillies. Ils ne regardent ni le peintre ni le spectateur, ils n'attendent rien, n'espèrent rien. Ils sont seuls devant leur verre et ils ne sont pas seuls. Leurs regards ne se croisent pas. Ils sont vivants. Façon de parler. La toile transpire d'angoisse gluante.

Elle aurait dû prendre ce risque. Mais pas plus qu'elle ne courait, elle ne poussait en solitaire la porte des bars. C'est moi qui ai eu envie de le faire en sortant de la morgue, ce jour de janvier 1984, en traversant Paris à pied pour rentrer chez moi. La nuit tombait, une force me poussait, je voulais un alcool fort, un cognac, un whisky. Me brûler la gorge. M'assommer les tempes. Je ne me suis pas écouté. Il n'y avait aucun ami pour m'embarquer. Tous étaient repartis travailler.

Flo avait perdu le goût de l'inconnu. Pourtant, elle n'était pas timide quand elle était enfant, elle était même effrontée, elle n'avait pas froid aux yeux. L'adulte n'avait pas le tempérament à passer son temps dans les cafés. Elle ne fumait pas – ni tabac ni herbe –, et buvait peu. Elle ne courait pas les pistes de danse.

Ce soir-là, elle avait épuisé son stock de petites attentes. Elle est restée chez elle. Elle aurait pu laisser passer un jour, voire deux, que quelque chose, quelqu'un, une circonstance, une pensée inattendue, un événement imprévisible ne la fasse douter, et fissure sa décision. On ne connaît jamais à l'avance la couleur de l'aube. Et puis, même dans son état, que représentent vingt-quatre heures. Elle aurait pu. La procrastination a du bon quand on a décidé de s'en aller. Flo est têtue. La Taureau n'a pas flanché. Aucune main, même nue, n'est venue.

Devant mon ordinateur, je me projette dans sa chambre, j'essaie de remonter l'enchaînement des scènes, je me mets à sa place. Exercice absurde.

On ne se suicide pas sur un coup de tête. Pourquoi repousser une décision qu'elle porte depuis longtemps. Épargner ses proches ? Elle n'en est plus là. Il faut une arme de destruction massive pour anéantir une pulsion de mort, un amour fou, un élan prodigieux, un cri du corps, un désir irrépressible.

Ce soir-là, Flo était au bout du bout du bout de sa vie. Elle a dû traiter par le mépris le dépôt d'un ultime recours. Dans un dernier élan de compassion, je la vois consentir du bout des lèvres à l'examiner deux minutes avant le verdict : rejet. On ne lutte pas avec la raison contre le besoin de disparaître. Elle avait trop bu pour juger avec impartialité. Ce soir-là, elle n'a pas imploré la grâce du bourreau ; elle a été sa main.

Elle aurait pu décider autre chose. Elle ne l'a pas fait. Ce soir-là, j'avais pris le large. Loin de Paris. Hamama et moi étions invités à passer deux jours à Poitiers, chez une amie. Quelques jours plus tôt, Flo, assise sur la banquette de notre petit appartement montmartrois, nous demande :

– Vous faites quoi ce week-end ?

Encore une fois, elle est repliée sur elle-même, les épaules tombantes, les jambes collées l'une à l'autre, la tête baissée. Elle retient ses larmes. Elle attend une perche que nous ne tendons pas. L'idée que nous pourrions l'emmener lui a sans doute traversé l'esprit. Elle est prête à tout mais ne demande rien. Elle grimace, se contracte, se tord. Elle comprend sans le dire les raisons que nous ne formulons pas. Elle jalouse notre liberté de mouvement.

Son idée informulée, venir avec nous, je l'ai secrètement repoussée. Je connaissais à peine Christine ; Flo ne l'avait jamais rencontrée et je ne me voyais pas lui proposer de nous accompagner. Hamama était heureuse de retrouver son amie d'enfance et que je l'accompagne. Je n'allais pas lui gâcher le week-end. Je comprends que Flo se reproche aussitôt de m'avoir posé la question. Tu ne veux pas encombrer. Surtout ne pas embarrasser. Entre embarras et débarras, la frontière est mince. Tu préfères t'en aller sur la pointe des pieds. Ne vous dérangez pas pour moi. Tu es comme ça.

J'aurais pu laisser Hamama filer à Poitiers et rester avec toi. J'aurais dû. Je ne l'ai pas fait. C'était au-dessus de mes forces. Si j'étais resté à Paris, peut-être te l'aurais-je reproché. J'aurais tout fait pour éviter le face-à-face. Je t'aurais proposé d'aller voir un film ou deux, j'aurais évité le restaurant ou la promenade silencieuse, nous aurions terminé chez Maric et Guy. Tu serais restée chez eux. Tu aurais vécu deux jours de plus, peut-être davantage, quelques semaines, quelques mois. Ce répit aurait peut-être permis de te trouver l'appui que nous ne pouvions t'apporter. Ou pas. De toute façon, c'est trop tard, je suis parti à Poitiers. Je ne sais pas encore qu'elle choisira ce week-end, que l'angoisse du samedi soir l'emportera.

Loin de Paris, j'ai essayé de la chasser de mon esprit. Mais son ombre ne m'a pas quitté. Sur le quai de la gare de Poitiers, en attendant le train, en milieu d'après-midi, dans la grisaille glaçante du début du mois de janvier, je me suis senti bizarre, ailleurs, étranger à moi-même, sommé de rentrer vite par une voix intérieure et inquiet du retour. Je pressentais que cette trouille indicible et grandissante avait à voir avec Flo. Je me suis raisonné. Le pire n'est jamais sûr.

À l'heure où nous montons dans le train, Flo est déjà morte. Les portables n'existent pas en 1984. Le souvenir que je garde de l'arrivée à Paris s'est cristallisé à la lumière de cette catastrophe dont je n'avais alors pas connaissance. Au pied de l'escalier de notre immeuble de la rue du Mont-Cenis, l'ascension jusqu'au sixième étage est plus pénible que d'habitude, le sac de voyage plus lourd, l'éclairage plus froid. Sur le palier, une enveloppe est posée contre la porte de notre appartement. Sa présence m'étonne à moitié. Ma sœur aînée me demande de l'appeler : « Il s'est passé quelque chose ». Je dis à Hamama : « Ça pue. » J'ai reconnu l'odeur de ce « quelque chose ».

Dans la nuit du samedi au dimanche, Flo a avalé deux boîtes d'un médicament dont j'ai oublié le nom. Son corps inerte a été découvert le dimanche. Maric a cherché à la joindre tout le week-end. Elle la savait chez elle, très mal en point – notre absence n'arrangeait rien. Son téléphone sonnait dans le vide. Maric n'a pas imaginé un instant qu'elle puisse être sortie. Elle a appelé les secours. Flo vivait au deuxième étage d'un petit immeuble à l'angle de la rue Navier et de la rue des Épinettes. Les pompiers sont montés chez elle par une échelle, ils ont cassé une vitre avant d'ouvrir la porte. Guy, mon beau-frère, est entré avec eux dans la chambre. Il ne m'a jamais parlé de ce qu'il avait vu.

Maric a prévenu notre père. Dans mon souvenir, il est avec elle quand j'appelle. Après avoir raccroché, nous nous tombons dans les bras, Hamama et moi, en silence, sans pouvoir nous arracher l'un à l'autre. Chez Maric et Guy, nous retrouvons mon père secoué de larmes, répétant « Pourquoi elle a fait ça ? pourquoi elle a fait ça », tout au long d'un repas auquel il n'a pas touché. Il n'attendait pas de réponse. Il a fini par rentrer chez lui, hébété, saoul de chagrin. Que sa fille ait mis fin à ses jours était informulable.

Une voix oubliée remonte de la nuit, celle de Demis Roussos. Une chanson des Aphrodite's Child qu'écoutait Flo. Un tube de 1969.

It's five o'clock
And I walk through the empty streets
Thoughts fill my head
But then still
No one speaks to me
My mind takes me back
To the years that have passed me by

Il est cinq heures
Et j'erre dans les rues vides
Des pensées emplissent ma tête
Mais là encore
Personne ne me parle
Mon esprit me ramène
Aux années que j'ai laissées passer.

Les radios diffusaient cette chanson à longueur de journée. Savaient-elles seulement ce qu'elle racontait ? Il n'y avait que les chants révolutionnaires pour faire croire que le monde serait meilleur demain. Ou les tubes de l'époque pour vendre la balade des gens heureux ou le bonheur de l'autoroute des vacances.

13. *Let the Sunshine in*

Ton histoire, Flo, c'est la face cachée de la montagne, son versant sans soleil, un amas de rochers rendus glissants par le gel sur lequel la nuit est à jamais permanente. En essayant de nous convaincre que la mort est plus douce que la vie, tu as créé une crevasse profonde entre nous, une fissure sur le glacier que rien ne pourra combler. Les deux blocs se sont éloignés pour toujours.

Crois-moi, j'ai tout fait pour ne plus penser à toi. J'ai cru à cette illusion. Et me voilà à présent en train de te fabriquer une plaque mortuaire gravée de mes mots, que j'étais incapable de dire, ni même de penser, à ta mort. Appelle ça comme tu veux. Jeter une passerelle entre nous au-dessus de l'eau gelée. Il suffirait de s'encorder les uns aux autres pour sécuriser son franchissement.

Ce besoin m'obsède. Je suis entré à reculons dans ton histoire, avec beaucoup de préventions. Aujourd'hui, je ne pense qu'à toi, tu absorbes toute mon énergie. Ce n'est plus de l'archéologie mais de l'obsession. Le résultat relève davantage d'un puzzle dont les pièces charnières seraient perdues, un assemblage de matériaux hétéroclites, un collage de photos arrachées, un patchwork de sensations, peu importe le nom.

Quarante ans de silence et des mois de fouilles pour arriver à un résultat de bric et de broc.

Quand la maladie ou un accident emportent un proche, l'art de converser avec lui, de le garder vivant, d'entretenir un lien avec lui est casse-gueule mais un chemin reste possible. Chacun l'emprunte comme il peut, avec ses mots, ses silences, ses doutes, ses failles. Mais quand la violence du suicide éradique la possibilité d'un chagrin, qu'est-ce qui peut lui succéder ? J'ai cru remplacer la peine par l'effacement, la culpabilité par l'indifférence et le remords par le silence. Foutaises, bien sûr.

Tu le savais dès le début. Tu m'as donné rendez-vous dès ton départ, en me laissant choisir la date, à mon bon vouloir, quand j'en serais capable, si j'en suis capable. Je viens de le comprendre. J'aurais dû me douter que tu avais tout organisé dans mon dos.

Te souviens-tu de ton surnom : l'Agence France-Presse ? C'est Maurice qui t'appelait comme ça à Perpignan, notre oncle, le frère de notre mère, celui qu'on désignait sous ce nom de Parrain parce qu'il était celui de Maric et par extension de nous tous. Je le vois éclater de rire en parlant de toi. Tu l'épatais par ta malice, ta fausse innocence, ta débrouillardise. Il voulait dire par là que tu étais au courant de tout avant tout le monde et que tu tirais ton plaisir et ton pouvoir du partage d'une bonne info. Mais pas avec n'importe qui, pas n'importe comment. Cela se méritait. Curieuse, oui, immensément, bavarde même, un peu commère aussi, légèrement persifleuse. Tu détenais un savoir-faire, tu en avais conscience et tu en faisais usage. Tu observais, tu laissais traîner tes oreilles partout, tu recueillais des confidences. Je t'entends me murmurer : « Faut que je te raconte un truc. Mais attention, tu le gardes pour toi. Sinon, je ne te dis rien. » À Paris, on t'appelait Radio Batignolles.

Aide-moi à me rappeler une de tes histoires préférées, donne-moi un exemple, un seul. Je cherche et je ne trouve pas. Je me souviens juste de ton surnom. Allez, peut-être le début entre Maric et Guy. Tu sais quoi, entre toi, informée avant tout le monde, et moi toujours le dernier à être au courant, un secret fait toute la différence. À qui soutirais-tu tes indiscrétions ? Comment faisais-tu pour inspirer confiance à ce point ? Toi à qui l'on aurait donné le Bon Dieu sans confession. Tu cachais ton jeu. Je sais, tu protégeais tes sources. Sur les ombres de la famille, tu pourrais m'en apprendre de belles. Tu ne me disais pas tout. Peut-être me protégeais-tu. Mais ce ne sont pas celles-là que j'ai envie d'entendre. Raconte-moi plutôt une histoire de cousins, un truc de copines, une bévue de papa, une connerie qui nous fasse rire. J'ai perdu le fil de tes dépêches. Je crains que tu n'aies pensé qu'un petit frère n'était pas le meilleur public pour apprécier tes scoops à leur juste valeur. Trop jeune, trop rêveur, trop dilettante.

Si tu n'avais pas été aussi bavarde, tu aurais fait une bonne espionne avec ton air de ne pas y toucher, ta capacité à te fondre dans le paysage. J'ignore si tu pouvais supporter la pression puisque, c'est toi qui le dis, tu n'étais pas aussi forte qu'on le croyait. Peut-être aurais-tu été une excellente journaliste, une rubricarde chargée des potins, des rumeurs, des bruits de couloirs, comme ça existait autrefois dans la presse. Non, mieux que ça : envoyée spéciale, grande reportrice, enquêtrice, journaliste de terrain. Tu étais curieuse, tu avais toutes les qualités d'observation, d'écoute, de mémoire. Tu savais te faire discrète, approcher à pas de loup, te lier sans en avoir l'air. Mais sans soute pas assez baroudeuse. Je me souviens qu'à ton retour du Pérou, où tu avais voyagé à la dure, tu racontais surtout les agressions dont tu avais entendu parler. D'où venaient tes peurs ? Petite fille, tu ne craignais rien. Même pas les aiguilles d'un poisson-hérisson.

Je sais, tu voulais être indépendante, ne dépendre de personne, t'assumer. Mais qu'as-tu fait de ta roublardise, de ta curiosité, de ton courage. Tu aurais pu devenir le double féminin de Tintin. Tu trouves que j'exagère ?

J'aimerais me rappeler les blagues que tu m'apprenais à faire au téléphone, t'imaginer vivante, toujours jeune, t'entendre crier à pleins poumons, les joues rouges de joie, les bras en l'air, comme dans *Hair*, ce musical hippie qui se montait en costumes bariolés, bandanas dans les cheveux longs, pattes d'eph, longues tuniques et grosses moustaches. Cette comédie musicale date de 1969. Tu as quatorze ans et moi, treize. Nous l'écoutons sur notre magnétophone à cassettes.

Je découvre les paroles en français, cinquante ans après. Me voilà devant un texte sans queue ni tête, foutraque, déjanté, où il est question de Dieu et de Timothy Leary, le pape du LSD, un poème dénué de sens pour qui ne connaît pas cette vision show-biz de la contre-culture américaine. Je préfère *Sur la route* ou *Les Clochards célestes* de Kerouac que je lisais à dix-huit ans.

Oublie les paroles de *Hair* : elles sont sans importance. Ce qu'on aimait, ce qui nous emportait, c'était le climat. On voulait se faire notre météo avec la musique, rien qu'à nous. On se contentera de quatre mots et de la musique qui va avec :

Let the Sunshine in
Laisse entrer le soleil.

Faire entrer un rayon, d'accord. Mais tout de même, on ne va pas se raconter des histoires pour faire semblant. On ne va pas ripoliner nos retrouvailles. Je sais à quoi tu penses. Non, ne me dis pas que tu préférerais écouter *La Bonne Franquette* d'Herbert Pagani. Je sais que tu aimais cette chanson chaleureuse, moi beaucoup moins. On ne va pas forcer sur l'esprit festif. Et puis chercher à deviner celle que tu aurais pu devenir est absurde.

14. *Tú no puedes volver atrás*

Je me demande pourquoi nous écoutions cette chanson à quinze ou seize ans. *Palabras para Julia* est un poème de Juan Goytisolo dédié à sa fille Julia, mis en musique et interprété par Paco Ibañez, dans son premier album consacré à la poésie espagnole sorti en 1969. Cette chanson nous filait la chair de poule. Le contre-chant du violoncelle ajoutait une touche sombre aux paroles. Nous comprenions mieux l'espagnol que l'anglais.

Tú no puedes volver atrás,
Porque la vida ya te empuja,
Como un aullido interminable,
Interminable.

Tu ne peux retourner dans le passé
Parce que la vie te pousse vers l'avant
Dans une plainte interminable,
Interminable.

Toi, tu étais prisonnière des filets du passé. Plus tu te débattais, moins tu arrivais à t'en défaire. Le pire, c'étaient tes sanglots. Ils m'effrayaient. Je ne les supportais plus. Je ne te supportais plus.

Te sentirás acorralada
Te sentirás perdida o sola
Tal vez querrás no haber nacido,
No haber nacido.

Tu te sentiras piégée
Tu te sentiras perdue ou seule
Peut-être souhaiteras-tu ne jamais être née,
Ne pas être née.

Je pense à ton dernier portrait, à ce tirage que tu as envoyé à chacun de nous, quelques jours avant de te donner la mort, à ton retour d'Égypte. Après avoir refusé de le regarder, j'ai longtemps cru m'en être débarrassé. Je viens de retrouver mon exemplaire, oublié dans un carton. Je te trouve élégante, assise dans ce site dont j'ignore le nom. Tu portes une robe légère et des mocassins. Ton sourire est détendu, contrairement à mon souvenir. Ton bras gauche est posé sur une pierre taillée. Tu croises les jambes. Ta pose est belle.

Pero tú siempre acuérdate
De lo que un día yo escribí
Pensando en ti, pensando en ti,
Como ahora pienso.

Mais souviens-toi toujours
De ce qu'un jour j'ai écrit
En pensant à toi, en pensant à toi
Comme j'y pense à présent.

J'ignore l'identité de la femme qui t'accompagne. Sans doute est-ce la même qui a pris la photo. Qui est-elle ? Est-ce que je la connais ? Sur le moment, je ne me suis posé aucune question comme si, après ton geste, plus rien n'avait d'importance. Je ne voulais pas regarder, ni chercher à comprendre, trouver une explication. Je devais tout effacer.

La vida es bella ya verás,
Como a pesar de los pesares,
Tendrás amigos, tendrás amor,
Tendrás amigos.

La vie est belle, tu verras,
Puisque malgré les peines,
Tu auras des amis, tu auras de l'amour,
Tu auras des amis.

Je ne saurai jamais s'il s'est passé quelque chose au bord du Nil, un événement, une dispute, une déception qui aura précipité ton geste. À moins que tu n'aies tout prémédité : le voyage, la photographie, les tirages, leur envoi, peut-être accompagnés de tes vœux pour l'année qui commence, et la suite.

Un hombre solo, una mujer,
Así tomados de uno en uno,
Son como polvo, no son nada,
No son nada.

Un homme seul, une femme,
Ainsi regardés un à un,

Sont comme la poussière, ils ne sont rien,
Ils ne sont rien.

Il me faut attendre quarante ans pour m'interroger. Je ne peux imaginer que tu aies mis en scène tes adieux. Ton sourire est si franc, si détendu. Qu'as-tu en tête ? J'ai autant de mal à croire que ce mauvais film n'est qu'un enchaînement de hasards et de circonstances dont nous aurions été les spectateurs. Que veux-tu dire ?

Otros esperan que resistas,
Que les ayude tu alegría
Que les ayude tu canción
Entre sus canciones.

D'autres attendent que tu résistes,
Que ta joie les aide,
Que ta chanson les aide
Parmi leurs chansons.

Cette photo finit par me faire douter. Pouvais-tu encore emprunter une issue de secours ?

Nunca te entregues ni te apartes
Junto al camino nunca digas
No puedo más y aquí me quedo,
Y aquí me quedo.

Ne te décourage pas, ne t'isole pas
Au bord du chemin ne dis jamais
Je n'en peux plus et ici je reste,
Et ici je reste.

Les paroles semblaient inutiles. Elles le sont encore davantage, presque autant que les questions. Restent les chansons. J'entends encore les voix de Lennon et McCartney sortir du haut-parleur de l'électrophone :

All you need is love

–

Références discographiques des chansons citées

Supplique pour être enterré à la plage de Sète, Georges Brassens, album du même nom, Philips, 1966

Je ne songeais pas à Rose, texte de Victor Hugo, mis en musique par Julos Beaucarne, album *Julos chante pour vous*, RCA Victor, 1969

Bridge over troubled water, Simon and Garfunkel, album du même nom, Columbia, 1969

Sagt Mir Wo die Blumen Sind, Joan Baez, adapté de *Where have All The Flowers Gone* de Pete Seeger, album *Farewell Angelina*, Vanguard, 1965

Où vont les fleurs ?, Marlene Dietrich, version française de René Rouzeau et Francis Lemarque, La Voix de son Maître, 1962

Qui a tué Davy Moore ?, Graeme Alwright, adapté de la chanson de Bob Dylan *Who Killed Davey Moore*, Mercury, 1966

De mémoire de rose, Julos Beaucarne, album *Chandeleur septente quinze*, RCA Victor, 1975

Ces petits riens, Serge Gainsbourg, album *Gainsbourg Percussi*

Et moi, et moi, et moi, Jacques Dutronc, paroles de Jacques Lanzmann, 45 tours, Disques Vogue, 1966

Donna, Donna, Joan Baez, paroles Aaron Zeitlin, musique Sholom Secunda, album *Joan Baez*, Vanguard, 1960

Tom Pillibi, Jacqueline Boyer, paroles de Pierre Cour, musique d'André Popp, 45 tours, Columbia 1960

L'eau vive, Guy Béart, 45 tours, Philips, 1958

Love me, please love me, Michel Polnareff, 45 tours, disc AZ, 1966

I Started a Joke, Bee Gees, paroles Barry, Maurice et Robin Gibb, 45 tours, Polydor, 1968

Il n'aurait fallu, poème de Louis Aragon mis en musique par Léo Ferré, album *Ferré chante Aragon*, Barclay, 1961

It's five o'clock, Aphrodite's child, 45 tours, Mercury, 1969

El pueblo unido jamás será vencido, texte de Quilapayún, musique Sergio Ortega, label Dicap, 1974

Le Chant des martyrs, paroles W. G. Archangelski, musique N. N. Ikonnikov, 1905

Aquarius/Let the sunshine in, The Fifth Dimension, James Rado et Gérome Ragni, musique de Galt MacDermot, album *Age of Aquarius*, Liberty, 1969

Palabras para Julia, poème de Juan Agustín Goytisolo (1964), mis en musique par Paco Ibañez, album *Paco Ibañez 3*, Polydor *1969*

All you need is love, paroles et musique John Lennon et Paul McCartney, 45 tours Capitol, 1967

Remerciements

Ce livre n'aurait pas vu le jour sans la confiance de mes sœurs, Marie-Christine Gouëzel, Françoise Boudard et Isabelle Mestres.

Merci à Francisca Barreda et Clément Fromentin pour leur accompagnement, à Antoine Loubière pour ses éclairages sur les mouvements politiques des années 70, à Géraldine Chouard Véron pour ses précieuses relectures ainsi qu'à Laurence Tardieu pour son formidable soutien tout au long de l'écriture de ce récit.

Toute ma gratitude, enfin, à Pierre Fourniaud, mon éditeur, à Anne Le Tilly pour ses corrections et la qualité de nos échanges, et à toute l'équipe de La Manufacture de livres.

Du même auteur

La Copiste
La Manufacture de livres, 2022

ILS ONT COLLABORÉ À CE LIVRE :

PIERRE FOURNIAUD
DIRECTION ÉDITORIALE ET COORDINATION

ANNE LE TILLY
CORRECTION

BRUNO RINGEVAL
COMPOSITION

DONATA JANSONAITĖ
IMPRESSION

MARIE-ANNE LACOMA
SUIVI COMMERCIAL ET PROMOTIONNEL

LES ÉQUIPES DU CDE ET DE LA SODIS
DIFFUSION ET DISTRIBUTION

AGENCE TRAMES
CESSIONS DE DROITS

LES LIBRAIRES
COMMERCIALISATION ET PROMOTION

DÉPÔT LÉGAL : JUIN 2024
IMPRIMÉ EN UE